영업
사원

김유빈

영업 사원 **김유빈** 1

뫼달 장편 소설

초판 1쇄 찍은 날 | 2017년 1월 16일
초판 1쇄 펴낸 날 | 2017년 1월 23일

지은이 | 뫼달
펴낸이 | 예경원

기획 | 위시북스
편집책임 | 박우진
편집 | 이즈플러스

펴낸곳 | 예원북스
등록번호 | 제396-2012-000132호
등록일자 | 2012. 7. 25
KFN | 제1-061호

주소 | 경기도 고양시 일산동구 호수로 646-24 위너스21 II 빌딩 206A호 (우)10401
전화 | 031-819-9431 팩스 | 031-817-9432
E-mail | yewonbooks@naver.com

ⓒ뫼달, 2017

ISBN 979-11-6098-007-3 04810
      979-11-6098-006-6 (set)

영업사원 김유빈

1

뫼달 장편소설

Wish Books

영업
사원
김유빈

CONTENTS

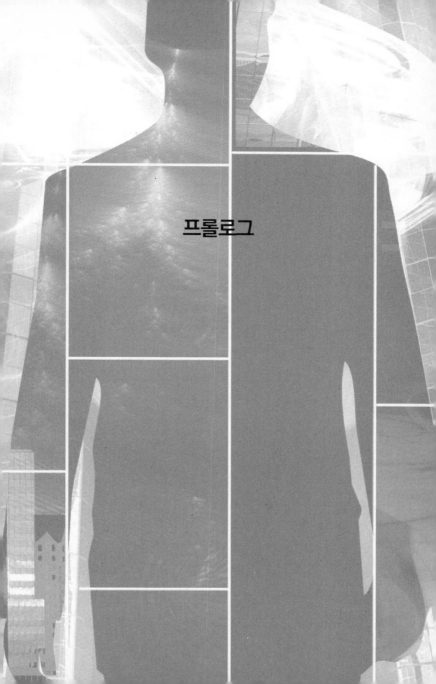

프롤로그

자신이 특별한 인재라는 자신감만큼 그 사람에게 유익하고 유일한 것은 없다.

-데일 카네기, 세일즈맨, 인간관계전문가, 성공컨설턴트

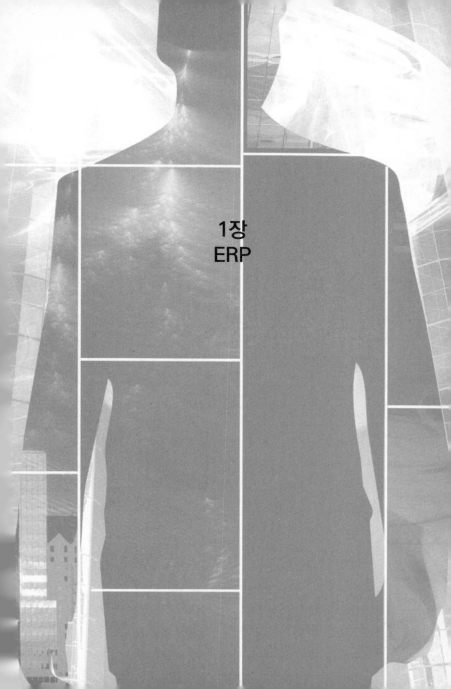

1장
ERP

"상반기 일등 영업지점은 바로…… 서울 강서지점입니다!
축하합니다. 강서지점 지점장님은 단상 위로 올라와 주십시
오! 저기 계시네요. 모두 큰 박수 보내 주세요!"

커다란 박수가 회의장을 가득 채웠다.

이백 명 정도가 모여 있는 회의장 단상 위쪽으로 백서제약
상반기 그랜드 미팅이라는 커다란 플래카드가 걸려 있었다.

40대임에도 몇 가닥으로 가린 앞머리가 안쓰러워 보이는
강서지점장이 만면에 미소를 띠고 단상 위로 힘차게 올라
갔다.

오늘만큼은 대머리 콤플렉스도 문제 될 것이 없어 보였다.

"쳇. 웃음꽃이 피었구먼. 젠장, 이번에는 우리 지점이 일

둥일 거로 생각했는데…….”

박수 소리와 함께 강북지점 푯말이 걸려 있는 테이블에서 거친 소리가 흘러나왔다. 다른 지점 사람들은 듣지 못했지만 같은 테이블에 앉아 있던 사람들은 분명히 들을 수 있었다.

“야, 김유빈. 네가 이번 분기에 실적 잡아먹지만 않았어도 우리 지점장님이 저기 올랐을 거 아니야!”

지목당한 유빈을 향한 팀원들의 눈초리가 사나워졌다. 말을 꺼낸 차석이 잡아먹을 듯한 표정으로 유빈을 노려봤다.

“최 대리. 그만하지. 다른 사람들이 보잖아. 목소리 낮춰.”

“하지만 지점장님, 억울해서 그런 걸 어떡합니까. 저 자식만 아니었어도…….”

“됐어. 하반기에 분발하면 돼.”

‘가식적인 놈.’

김유빈은 대놓고 뭐라 하는 최 대리보다 점잖은 척하는 지점장의 태도에 몸서리가 쳐졌다.

지난 반년 동안의 서러움과 억울함에 유빈의 큰 눈에 독기가 서렸다.

170㎝ 정도 되는 왜소하게 마른 몸이 어딘가 허약해 보였지만 하얀 얼굴 위 검은 뿔테 안경 사이로 나오는 유빈의 눈빛은 당당했다.

그리고 그 눈으로 자기를 힐난하는 팀원들의 얼굴을 일일이 마주 봤다. 그러자 오히려 몇몇 사람은 슬그머니 시선을 피했다.

단상 위의 강서지점장은 사장님이 주신 금일봉을 들고 조금 전보다 더 환하게 웃고 있었다. 반면 무표정하게 있던 강동지점장의 얼굴은 불편할 정도로 딱딱해졌다.

실적 발표에 이어 임원진의 프레젠테이션 그리고 사장님의 뻔하고 긴 훈화가 끝나자 대회의장은 금방 술판으로 변했다.

직급이 낮은 사원들은 소주 한 병과 술잔을 양손을 들고 테이블과 테이블 사이로 바쁘게 뛰어다녔다. 본부장은 물론이고 단 한 명의 지점장이라도 빠뜨렸다가는 무슨 뒷말을 들을지 몰랐다.

"지점장님, 축하드립니다!!"

영업 사원들의 줄이 가장 긴 테이블은 단연 강서지점이었다.

"역시 지점장님이십니다. 존경합니다."

아부가 술에 녹아 지점장에게 건네졌다.

"야, 야! 마셔, 마셔! 이 주임 뭐해! 소맥 제조 안 하고!"

최 대리는 이미 눈이 시뻘게져 술 폭탄을 투하하고 있었다. 다만, 같은 팀원인 김유빈에게만큼은 술잔은커녕 눈길도 주지 않았다. 다른 직원들도 눈치를 보면서 살살 그를 피했다.

'하아, 왕따라니⋯⋯.'

김유빈은 평생 경험해 보지 못한 따돌림에 어떻게 반응해야 할지 갈피를 잡지 못했다.

다른 직원들끼리는 이미 이야기가 다 된 모양이었다. 이미 모든 테이블을 돌며 본부장과 지점장들에게 술을 돌리고 그만큼 받아 마셨지만, 씁쓸한 기분에 취기마저도 유빈을 외면했다.

유빈의 머릿속에 지난 6개월이 떠올랐다.

대기업은 아니지만, 국내 회사 중에서는 규모가 꽤 큰 백서제약에 입사한 지 2년하고도 6개월. 제약영업이 힘들다고는 들었지만, 소문 이상으로 궂은일이 일상이었고 을의 위치는 당연한 자리였다.

오리지널 약이 없고 제네릭(카피, 복제약) 약만 취급하는 중소 제약회사 사원이 할 수 있는 영업 방법은 한정적일 수밖에 없었다.

의사들이 백서제약에 기대하는 것도 제품 디테일이 아니라 처방 인센티브, 소위 말하는 리베이트였다.

리베이트(rebate)는 일종의 판매장려금 제도로 거래에 대한 대가로 지불대급의 일부나 이자 등을 지불인에게 되돌려 지급하는 행위를 말한다. 제약회사에서는 의사가 회사의 약품을 처방하는 대가로 금품을 지급하거나 이익을 주는 행위를 말한다.

물론 정직하고 대가를 원하지 않는 의사도 많았다. 하지만 그런 원장이나 의사들은 대개 만날 일이 별로 없었다.

제품 발표회로 포장된 식사와 술 접대는 물론이고, 시도 때도 없이 차로 픽업하는 일부터 시시콜콜한 심부름까지…….
제약회사 직원인지 개인 비서인지 알 수 없는 나날들이 이어졌다.

그럼에도 깡과 악, 그리고 유일한 장점인 성실함으로 버티기를 이 년. 조금은 노력을 알아봐 주었을까?

마지막 분기의 실적이 전 분기와 비교해 뚜렷한 증가세를 보였다.

힘든 건 마찬가지였지만, 유빈은 결과가 나타나자 숨길 수 없는 희열을 느꼈다. 고생에 대한 보상을 이제야 받는구나 하는 기분이었다.

"김유빈, 이번 분기 실적 좀 올랐네?"

"네, 지점장님. 디디디(DDD, drug distribution data, 도매상에서 약국으로 판매된 약품 집계)로 봐서는 한강대 브릭에서 숫자가 늘은 것 같습니다. 아무래도 한강대병원 심 교수님이 저희 제품으로 교체 처방해 주시는 것 같습니다."

"심 교수님? 흐음…… 그 양반은 꽤 까다로운 분인데……."

강동팀의 지점장인 이동우는 의외란 표정으로 유빈의

DDD 자료를 훑어봤다.

"현재 병원 부원장님이시고 학회에서도 영향력이 있으시니까 다른 교수님들도 처방을 바꿔 주실 것으로 기대하고 있습니다."

실제로 한강대병원은 유빈이 이 년간 가장 공을 많이 들인 병원이었다. 특히 산부인과의 심우창 교수는 산부인과 학회의 부회장일 뿐만 아니라 과 내에서 약 처방량도 가장 많은 분이라 다른 의사들보다 두 배 이상의 심혈을 기울였다.

"그래……? 그렇단 말이지…… 음, 그래. 아무튼, 수고했어."

지점장은 무슨 생각을 했는지 더 묻지 않고 미소와 함께 유빈의 등을 두드려 줬다. 지점장의 칭찬은 처음이었다.

어깨를 짓누르던 피로가 슬그머니 아래로 내려왔다. 이런 맛에 회사를 다니는구나 생각하며 유빈은 더 열심히 한강대병원에 대한 영업 계획을 세웠다.

일주일 후.

유빈은 회사 생활의 진정한 맛을 알게 되었다.

"네? 지역 변경이요?"

"왜? 싫어?"

지점장의 눈썹이 올라갔다. 지점장의 표정은 일주일 전과 달리 냉랭할 정도로 무표정했다. 뭘 묻느냐는 그런 식이었다.

"아니, 그런 건 아니지만 제가 지금 지역을 맡은 지 이 년밖에 안 되었고 이제야 실적이 조금 나오고 있는데……."

"한강대병원 이야기라면 네가 잘못 추측한 거야. 내가 알아보니까 이번에 도매상 쪽에서 약국 프로모션 하면서 밀어 넣었나 봐."

그럴 리가 없었다. 심 교수님에게 직접 들은 사실은 아니었지만, 교체 처방은 펠로우 교수님에게 확인한 내용이었다.

"김유빈 씨라면 성실하니까 다른 지역을 맡아도 잘할 거야. 그렇지? 내년부터는 강북구하고 광진구 쪽 맡아서 잘해 봐."

영혼이 담기지 않은 칭찬에 속은 더 타들어 갔다.

"그럼 노원구는……."

유빈이 그가 할 수 있는 마지막 발악을 했다. 한강대병원이 있는 노원구만큼은 다른 사람에게 넘기고 싶지 않았다.

"노원구는 최한솔 씨한테 맡길 거야."

"……!!"

갑자기 닭살이 돋고 오한이 스치고 지나갔다.

'소문이 사실이었구나…….'

유빈은 최한솔이라는 이름이 언급되자마자 돌아가는 상황을 대충 알 것 같았다.

입사하고 난 뒤부터 자신에게는 엄격하게 대하는 것과 달리 날라리 같은 최한솔을 지점장과 차석이 감싸고 돈다는 생각을 지울 수가 없었다.

확인된 소문은 아니었지만, 동기들 사이에 최한솔이 회사와 거래하는 대형 도매상 사장의 외아들이라는 이야기가 있었다.

자신이 알지 못하는 뭔가가 이번 지역 변경에 작용한 것 같았다. 결정을 되돌리기는 쉽지 않아 보였다.

유빈은 재빨리 강북구와 광진구의 실적 추이를 떠올려 봤다. 강북구와 광진구도 나름 괜찮은 지역이긴 했다.

항생제 쪽은 작년보다 처방 실적이 잘 안 나오기는 했지만, 산부인과 쪽에서는 자궁내장치의 실적이 예상외로 잘 나오고 있었다.

올해 마감은 목표 대비 80% 정도로 평타는 아니어도 망한 실적은 아니었다.

"최한솔 씨도 들었지? 내년부터 지역 바꿔서 열심히 해봐."

"알겠습니다, 지점장님."

최한솔은 드러내지는 않았지만, 어딘가 득의만만해 보였다.

"지점장님, 그럼 다른 팀원들은…….""

이야기가 마무리될 듯하자 차석인 최 대리가 조심스레 운을 떼었다.

"올해는 입사 동기인 두 사람만 바꾸기로 하지. 이제 영업 경험도 어느 정도 쌓였을 테고 진정한 영업은 지금부터니까 새로운 마음으로 열심히들 해보자. 두 사람은 서로 인수인계

철저히 하고. 올해는 우리 지점이 일등 한번 가야지."

"걱정하지 마십시오! 올해는 기필코 지점장님이 단상에 오를 수 있도록 팀원들과 똘똘 뭉쳐서 해내겠습니다."

"그래. 최 대리가 팀원들 잘 다독여서 같이 해보자고. 그런 의미로 오늘은 회의 끝나고 회식하지."

"넵!! 알겠습니다. 장소 물색해 놓겠습니다!"

술 좋아하는 최 대리의 얼굴이 벌써 발그레해졌다. 지점장과 짜고 치는 고스톱이 아주 일품이었다.

그런데도 유빈은 아무 말도 하지 못했다.

노트북 화면의 디디디 엑셀 파일만 멍하니 바라봤다. 한강 대병원만 잘 뚫으면 내년에는 베스트MR(Medical Representative: 제약영업사원)도 꿈이 아니라 생각했다.

허탈했지만 지금 상황에서 그가 할 수 있는 일은 없었다. 유빈은 애써 마음을 다잡으려 했지만, 지역 변경은 다가올 고난의 시작일 뿐이었다.

"김유빈 씨, 이거 어떡하지⋯⋯."

평소에는 인사해도 본체만체하던 광진구 미즈파크 여성전문병원의 사무장이 직접 전화를 걸어 왔을 때부터 불길한 느낌이 들었다.

볼살이 홀쭉하게 들어가 해골처럼 생긴 사무장은 음료수까지 권했다. 차가운 캔의 감촉만큼이나 싸한 느낌이 전신을 엄습했다.

"김유빈 씨도 알겠지만, 우리 병원이 백서제약 제품 많이 취급하는 거 알지?"

"네, 그럼요! 늘 감사드리고 있습니다."

"그래그래. 근데…… 대표원장님이 아무래도 작년에 이바돈을 너무 많이 주문하신 것 같다고 하시더라고……."

"네? 이바돈이요?"

이바돈은 산부인과에서 사용하는 자궁내장치(IUD)로 구리로 만들어진 작은 기구를 자궁 속에 삽입해 여성의 피임을 도와주는 기구다. 보통 루프라고 부른다.

백서제약에서 개발 회사인 마블로 제약의 판권을 계약해 국내 판매를 하고 있다. 다른 처방약과는 다르게, 도매상을 거치기는 하지만, 회사에서 직접 병원으로 판매되기 때문에 DDD와는 달리 실적을 정확하게 알 수 있다.

식은땀 몇 방울이 등 뒤로 흘러내렸다.

작년에 최한솔이 광진구에서 그나마 80%를 달성할 수 있었던 것은 미즈파크병원에서 이바돈을 대량으로 주문했기 때문이었다.

인수인계를 받을 때 의아한 점이 많았지만, 최한솔도 얼버무리고 지점장도 그냥 별소리 없이 넘어갔기 때문에 뇌리에서 잊은 일이었다.

"재고도 너무 많고 세금 문제도 있어서…… 아무래도 반품을 해야겠어."

"저…… 사무장님, 제가 대표원장님을 한번 뵙고 말씀드릴 수는 없을까요?"

유빈의 말이 빨라졌다.

"원장님이 나한테 맡기신 일이야."

"하지만……."

"이미 끝난 이야기야. 반품 처리되는 거로 알고 있을 테니까 처리해 줘."

사무장은 유빈이 매달리는 듯하자 처음에 그나마 미안해하던 태도는 사라지고 평소처럼 삭막한 얼굴이 되었다.

100개.

반품받은 이바돈이 무려 100개였다. 미즈파크 같은 대형 여성전문 병원도 한 달에 20개를 처방하지 못했다.

반품은 마이너스 실적으로 잡히기 때문에 앞으로 반년간의 실적은 엉망이 될 수밖에 없었다.

더욱 기가 막힌 것은 지점장의 태도였다. 이바돈의 반품 처리를 전적으로 유빈의 무능력함으로 몰고 갔다.

유빈이 여러 사람에게 확인한 결과 애초에 200개의 이바돈을 밀어 넣기를 한 사람은 지점장일 확률이 높았다.

지점장이 최한솔과 동행 방문한 후, 바로 그 주말에 미즈 파크 원장과 골프를 쳤고 그다음 주에 주문이 결정되었기 때문이다.

💼

6개월 뒤, 백서제약의 상반기 그랜드 미팅. 유빈은 강동지점뿐만 아니라 회사 전체에서도 문제 사원으로 치부되고 있었다.

특히 강동지점 직원들은 강서지점에 일등 자리를 빼앗기게 한 무능력한 MR로 유빈을 낙인찍었다.

"지점장님, 잠시 말씀드릴 게 있습니다."

이대로 있을 수만은 없었다. 어떻게든 자신에게 덮여 있는 불명예를 해결해야 했다. 가식적이고 뻔뻔한 지점장의 모습에 화는 치밀었지만, 유빈은 최대한 정중하게 말을 꺼냈다.

"왜? 무슨 할 말이라도 있어? 할 말 있으면 여기서 해."

술이 어느 정도 오른 지점장의 말투가 따가웠다.

"……개인적으로 조용히 드릴 말씀이 있습니다."

"그래? 최 대리, 담배 한 대 줘 봐. 바람 좀 쐬고 들어오게."

지점장이 담배를 받더니 유빈은 쳐다보지도 않고 회의장 밖으로 나갔다. 유빈도 말없이 그 뒤를 따랐다.

"후우…… 자, 이야기해 봐."

하얀 담배 연기가 어두운 하늘 위로 피어올랐다. 막상 자리가 깔리니 말이 잘 나오지 않았다.

"지점장님, 미즈파크 반품 건은 작년에 무리하게 이바돈을……."

"이봐, 김유빈. 그 이야기라면 이제 그만하지. 이미 다 지난 일이잖아. 다시 꺼내서 뭐하려고?"

"하지만 그 지난 일 때문에 실적도 엉망이고 사람들이 저를……."

"뭐야, 그래서 뭐? 나보고 어쩌라는 거야? 야, 김유빈. 회사 생활이 만만해? 아니면 내가 만만해? 일하다 보면 희생하는 일이 생길 수도 있는 거지."

"네? 아니, 전 단지……."

"어디 가서 지금 나한테 하려던 이야기, 입 뻥긋이라도 해봐."

"……."

"내년에는 괜찮은 지역으로 줄 테니까 올해는 조용히 넘어가자."

"……."

지점장의 살기 어린 표정에 유빈은 입을 다물었다. 이 사람에게는 더는 기대할 것이 없었다. 오히려 여기서 덤비다가는 더한 해코지도 할 수 있는 사람이었다.

사납게 건물 안으로 지점장이 들어가자 유빈은 느리게 담배 한 대를 물었다. 손이 조금씩 떨렸다.

스트레스를 받을 때마다 조금이라도 그를 위로해 주던 담배도 오늘은 아무 소용이 없었다.

영업 미팅이 끝나고 다시 일상으로 돌아왔지만 힘든 날은 계속되었다. 노골적인 최 대리의 비아냥거림과 직원들의 왕따도 힘들었지만, 무엇보다 의욕이 생기지 않았다.

밀어 넣기를 한 병원은 미즈파크뿐만이 아니었다. 클리닉은 클리닉대로, 전문병원은 전문병원대로 이바돈의 재고가 가득 차 있었다. 아무리 열심히 해도 실적은 계속 나빠졌다.

결국, 하반기가 끝나고 받은 성적표는 달성률 50%. 모든 영업사원을 통틀어 꼴찌였다.

"김유빈 씨. 작년까지는 무난한 실적이었는데, 유독 올해 실적이 좋지 않군요."

"……네, 죄송합니다."

한 해의 실적 발표가 끝나고 유빈을 기다린 것은 영업본부장과의 일대일 면담이었다. 둥글둥글한 얼굴과 체형 때문에 직원들 사이에서는 둥글이라는 별명으로 불리는 본부장이었지만 지금 그의 입에서 나오는 말은 전혀 둥글둥글하지 않았다.

"나는 실적만 보고 사원을 판단하지는 않습니다. 영업이라는 일이 잘될 때도 있고 안 되는 때도 있는 법이니까요. 하지만 김유빈 씨에 대한 PMP(직원 평가서)를 읽어 보니 실적에 더해서 안 좋은 쪽으로 판단할 수밖에 없군요."

"……."

또 지점장이었다. PMP에 얼마나 나쁘게 평가를 써 놨는지 본부장은 유빈을 문제 사원으로 단정 지은 것 같았다.

깊은 곳에서부터 분노가 끓어올랐다. 본부장이 이야기할수록 유빈의 얼굴이 조금씩 상기되어 갔지만, 그는 개의치 않고 말을 이어 갔다.

"이런 말까지 하는 것은 좀 그렇지만, 정부의 약가 인하 정책으로 연초에 회사에서 ERP(조기 퇴직 프로그램)가 있을 계획입니다. 원래는 5년 차 이상부터 받으려 했지만, 이번에는 3년 차 이상의 직원부터 받으려고 합니다."

본부장의 차가운 눈은 이 정도 말했으면 알아서 나가라고 말하고 있었다.

면담을 마친 유빈은 본사 건물에서 나와 한참을 가만히 서 있었다. 현기증이 났다. 더 서 있으면 쓰러질 것 같아 힘겹게 발걸음을 옮겼다. 어디로 가는지는 몰랐지만 일단 본사에서 멀어지고 싶었다.

ERP의 처리는 순식간이었다. 3년 치의 퇴직금에 ERP 위로금으로 1년 치의 퇴직금이 더해져 통장으로 들어왔다.

3년간 인센티브 한 번 못 받았으니 첫 회사생활이 끝나고 수중에 남은 거라고는 천만 원과 3년의 영업사원 경력, 그리고 조기 퇴직 경력이었다.

유빈은 은행에서 125만 원을 송금하고 전화기를 꺼내 들었다.

"여보세요. 어머니."

─아이고, 유빈이구나. 이 시간에 웬일이니?

수화기 뒤쪽으로 개 짖는 소리가 시끄럽게 들렸다. 갑자기 울컥한 마음이 들었지만, 꾹 눌러 내렸다.

"……돈 부쳤어요. 별일 없으시죠?"

─매번 고맙구나. 여기야 별일 없지. 그런데 목소리가 왜 이렇게 힘이 없어?

"……아니에요. 아직 밥을 안 먹어서 그런가 봐요."

─잘 먹고 다녀야지. 그리고 시간 나면 한번 내려오너라. 얼굴 본 지도 오래됐구나.

"그럴게요."

─너 쓸 돈도 없을 텐데, 매번 미안하구나.

"그런 말씀 마세요. 더 드려야 하는데…… 아무튼 어머니, 다시 전화 드릴게요."

유빈은 전화를 끊고 다른 번호를 찾았다.

─……여보세요.

신호가 꽤 울리고 나서야 상대방이 가라앉은 목소리로 전화를 받았다.

"지은아, 나야."

―어, 오빠. 어떻게 됐어……? 아니, 이제 어떻게 할 거야?

여자 친구인 이지은의 목소리는 차가웠다. 원래도 냉정한 아이였지만, ERP가 결정되고 나서는 말할 때마다 입김이 나올 정도였다.

"다시 취직해야지. 알아보려고."

―그래, 오빠는 열심히 하니까 잘될 거야.

"……."

열심히 해서 이 모양 이 꼴이 났는데 여자 친구는 지극히 사무적인 답변밖에 주지 않았다. 유빈이 한참 말이 없자 조금 망설이던 지은이 말을 꺼냈다.

―오빠, 전화로 하면 예의 없는 건 알지만…… 우리 이제 그만 만나자.

"……."

유빈은 아무런 말도 하지 못했다. 이렇게 될 거라는 것을 알고는 있었지만, 말이 나오지 않았다.

―미안해. 그동안 나도 힘들었어. 취직 잘하고…… 끊을게.

지은은 유빈의 일 년 후배로 같은 지점에 일 년 정도 같이 근무하다가 마케팅팀으로 옮겨 갔다.

처음 입사했을 때, 유빈이 사수로 이것저것 가르쳐 주면서 사귀게 되었고 2년 가까이 사내 비밀 연애를 해 왔다.

얼굴도 예쁘고 일도 잘하는 이지은이 유빈과 사귈 거라는 생각조차 하지 않았는지 비밀 연애는 들키지 않고 잘 유지되었다.

하지만 지은이 마케팅팀으로 가면서 바빠지고 유빈이 회사 내에서 평판이 안 좋아지자 둘 사이는 계속 삐거덕거렸었다.

"……그래."

전화를 끊은 유빈은 떨리는 마음을 가라앉히려 노력했다. 결혼까지 생각했었는데 상대방은 전혀 아니었다. 그렇다고 그녀를 잡기에는 지금 모습이 너무나 한심했다.

습관적으로 양복 안주머니로 손이 향했다. 하지만 잡히는 것은 빈 담뱃갑뿐이었다.

신경질적으로 담뱃갑을 버린 유빈은 고개를 세차게 흔들었다. 한낱 니코틴으로 넘어갈 상황이 아니었다.

'천만 원…… 아니, 이제 875만 원이지. 앞으로 일곱 달 안에는 꼭 취업해야 해.'

냉정하게 현재 상황을 파악했다. 우선은 다시 취직하는 것이 급선무였다. 대충이나마 목표와 기간이 정해지자 유빈은 재빨리 발걸음을 옮겼다.

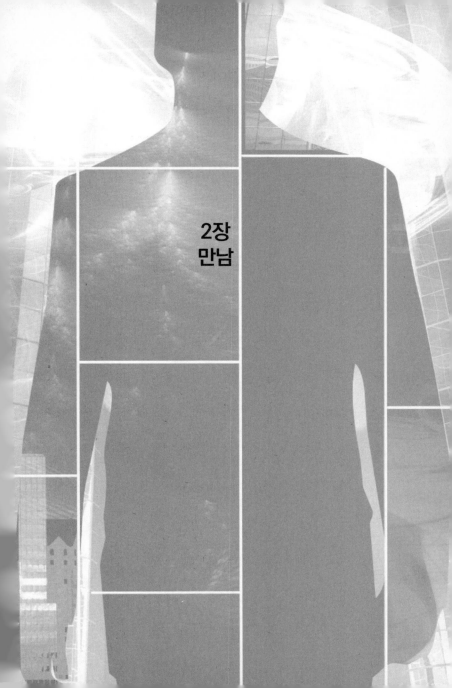

2장
만남

"또 탈락인가……."

재취업은 생각보다 쉽지 않았다.

처음에는 제약회사 쪽은 쳐다보지도 않았다. 식품회사에도 무역회사에도 지원했지만, 서른이라는 나이 탓인지 서류 통과가 잘 안 되었다.

제약회사에 일한 3년간의 약밥 경력을 다른 직종에서는 전혀 인정해 주지 않았다.

지방대 생명공학과를 평범한 성적으로 졸업하고 특별한 스펙이 없는 유빈으로서는 그나마 내세울 건 경력뿐이었는데 낭패였다.

서류를 내는 족족 탈락.

삼십 번에 한 번 겨우 서류가 합격해 면접까지 갔지만, 서류의 평범함을 극복할 만한 스토리텔링이나 특출함을 유빈은 가지지 못했다. 1차 면접이 한계였다.

　유빈은 어쩔 수 없이 다시 제약회사 구인란으로 눈을 돌렸다.

　"백서제약도 이번에 사람을 뽑는구나……."

　애증의 전 직장 공채 공고가 눈에 먼저 들어왔다. 유빈은 외면하고 다른 회사를 살폈다. 우리나라에 중소제약사가 많기는 많았다.

　하지만 제약회사도 취업의 문이 높기는 마찬가지였다. 전반적으로 양질의 일자리가 부족해진 탓에 제약회사 영업사원을 지원하는 사람들의 스펙도 계속 높아졌다.

　서울의 상위 대학교 졸업생은 물론이고 약사와 수의사 면허를 가진 재원들도 제약회사에 지원을 많이 하는 추세였다.

　매출 5위 안에 드는 국내 제약사는 직원을 뽑을 때 외국계 회사보다 오히려 스펙을 중요하게 봤다. 유빈도 몇 군데에 지원서를 내봤지만, 서류를 통과한 회사는 없었다.

　"인턴조차 서류가 안 되다니, 큰일인데…… 그렇다고 외국계 회사에 원서를 넣기에는 영어 점수가 너무 낮아……."

　"670점. 이번에도 꽝. 영 오르지 않는구나."

유빈은 힘없이 컴퓨터 전원을 껐다. 이번에도 시험비만 날렸다. 외국계 회사에 지원하기 위한 영어 점수를 만들기에는 시간이 촉박했다.

결과물 없이 퇴직한 지 벌써 넉 달.

통장 잔액은 계속 줄어들고 유빈은 점점 초조해졌다.

게다가 유빈을 더 힘들게 하는 것은 외로움이었다.

유빈은 전 여자 친구인 지은이의 번호를 만지작거렸다. 넉 달간 사람과 대화다운 대화를 나누지 못했다. 원래 외로움을 잘 타지 않는 성격인데도 사람이 너무나 그리웠다.

'전화를 한번 해 볼까?'

그동안 지은이한테는 문자 하나 오지 않았다. 맺고 끊는 게 분명한 그녀라 당연한 이야기였지만, 그래도 욕이 나왔다.

고개를 흔든 유빈은 전화기를 침대 위로 던졌다. 여기서 전화했다가는 더 비참해질 뿐이었다.

"하아…… 이게 아닌데……."

조용한 원룸에 덩그러니 혼자 앉아 있자 괜히 눈물이 났다. 한 대 패 주고 싶은 지점장의 얼굴과 지은이의 얼굴이 교차해 머리를 지나갔다. 가슴 한편이 체한 것처럼 답답했다. 그런데 청승맞게도 배에서 나는 꼬르륵 소리가 작은 원룸을 울렸다.

동네 슈퍼에서 컵라면과 생수를 사고 터덜터덜 걸어가던

유빈의 눈에 전봇대에 걸려 있는 '진드기시장' 신문이 들어왔다.

평소에 거들떠보지도 않던 신문을 유빈은 홀린 것처럼 뽑아 들었다. 이제는 뭐라도 해야 할 참이었다.

한 손에는 컵라면을 들고 신문의 구직란을 이 잡듯 훑었다. 우선 페이를 보고 높은 페이 위주로 동그라미를 쳤다. 대부분 막노동처럼 힘을 쓰는 단순 노무였다.

"냉동 창고 아르바이트, 주 5일 근무 보장…… 하루 일당이 8만 원?"

주 5일 근무하면 한 달 동안 160만 원을 벌 수 있는 일자리였다. 지역이 경기도 광주라 성동구에서 자취하는 유빈에게는 조금 먼 거리였지만, 그런 걸 신경 쓸 여유는 없었다.

"일만 괜찮으면 자취방을 옮겨도 되니까……."

유빈은 당장 구인란의 연락처로 전화했다. 내일부터 나오라는 답변에 일단 숨통이 트였다. 아르바이트건 뭐건 간에 퇴사 후 첫 출근이었다.

"여긴가?"

초행길이었지만 다행히 늦지 않게 도착했다. 버스를 타고 오면서 주변을 보니 서울과 가까이 있는 도시치고는 건물이 그다지 많지 않았다. 조금 전에 지나온 성남에 비하면 시골 같았다.

유빈을 맞은 것은 몇만 평은 충분해 보이는 널따란 대지에 아파트 10층 정도 높이의 네모난 건물이었다. 녀석은 창문 하나 없는 삭막했다.

벽 한쪽 면에 커다랗고 선명한 삼동냉장이란 글씨가 눈에 들어왔다.

"삼동냉장…… 잘 부탁한다."

유빈은 마음을 다잡고 농림축산식품부 지정 보세창고라고 뭔가 있어 보이는 팻말을 지나 안으로 들어갔다.

"어떻게 오셨습니까?"

하얗게 센 머리의 경비가 유령처럼 나타나 유빈을 제지 했다.

"헛…… 안녕하세요. 저…… 아르바이트 왔는데요."

놀란 가슴에 유빈이 더듬거리며 대답했다.

"아, 그렇구먼. 저기 정면에 보이는 건물 있지요. 거기 사무실에 가서 기다리세요. 아직 일러서 아무도 안 왔는데 조금 있으면 다들 올 거요."

경비아저씨가 거의 감은 눈으로 유빈을 아래위로 훑어 봤다.

"네, 감사합니다."

"금방 그만두지 말고 열심히 해요."

"네? 아, 네. 감사합니다."

경비아저씨의 마지막 말이 걸렸다. 금방 그만두지 말라니. 힘들 일일 것 같은 예감이 들었다.

한동안 잠겨 있는 사무실 앞에서 서성이자 사람이 하나둘씩 나타났다. 그중에 중년의 남자가 말을 걸어왔다.

"아르바이트 왔어?"

초면인데 보자마자 반말이다. 키가 160정도 되어 보이는 새카만 피부의 남자였다.

"네."

"어후, 이거…… 힘이나 쓰겠어? 냉동 창고에서 일해 본 경험은 있고?"

유빈의 비리비리한 몸매에 남자는 숨기지 않고 눈살을 찌푸렸다.

"……처음입니다."

"생초짜구먼. 하필 화요일에…… 야!! 용식아! 이 친구 우선 입고시키고 아홉 시부터 출고차 들어오면 그쪽으로 돌려라!"

"네, 반장님!"

멀리서 대답이 들려왔다.

"안전화는 있어?"

"……안전화요?"

"쯧, 저기 저 친구한테 말하면 안전화 빌려 줄 테니까 잘

신고 일해. 괜히 발등 찍혀서 집에 가지 말고."

안전화? 발등을 찍혀?

유빈은 조금씩 불안해져 갔다. 그렇지만 이왕 광주까지 온 거, 하루라도 해보고 그만둘지 결정할 참이었다.

"이쪽으로 오세요."

"네, 안녕하세요."

3년간의 영업 생활로 는 건 인사성뿐이었다.

"이쪽 일은 처음인가요?"

"네……."

"화요일은 특히 바쁜 날이라 다들 정신없으니까 잘 따라와 주세요."

말투가 쌀쌀맞았다.

"그런데 조금 전에 저분이 안전화를 신으라고 하던데요."

"사이즈가 몇이죠?"

"260입니다."

"잠깐만 기다리세요."

안전화는 겉으로 보기에는 투박한 등산화처럼 보였다. 한 가지 다른 점은 발등에 쇠판이 들어 있었다. 조금 무겁기는 했지만 불편하지는 않았다.

"형, 이 사람 누구야? 새로 왔어?"

안전화를 신어 보고 있는데 민소매 셔츠를 입은 남자가 다가와 어색한 한국어로 말했다.

"간볼, 오늘 새로 일하러 온 사람이야."

"힘없게 생겼어. 일 못해."

"야, 됐고. 가서 일할 준비해."

"알았어. 형. 나 저 사람하고 일 안 해. 느려."

"알았다니까. 빨리 안 가? 아, 신경 쓰지 마세요. 외국인 노동자인데 한국말을 잘 못해요."

"……네."

한국말을 못한다지만 충분히 알아들었다. 한마디로 무시 당한 것이었다.

"지게차 조심하시고요. 컨테이너 안은 미끄러우니까 넘어지지 않게 조심하시고…… 또 박스가 무거운 건 하나에 25㎏ 정도 되니까 들 때 허리 조심하세요. 그리고 무엇보다 그만 두려면 네 시간은 채우고 말씀해 주세요. 중간에 힘들다고 가 버리신 분이 워낙 많아서요."

말은 걱정해 주는 듯했지만, 그만둘 거로 생각하는 모양이었다.

"오늘 하루는 다 채우고 갈 테니 걱정하지 마세요."

오기가 생긴 유빈이 일부러 웃으며 맞받아쳤다. 고등학교 때부터 참는 것 하나는 누구에게도 뒤지지 않았다.

"그러면 저희야 좋죠. 그럼 누구한테 붙일까나. 어, 만수 형님. 오늘은 여기 이분하고 같이하세요. 처음이니까 잘 가르쳐 주세요. 저분 따라가세요."

유빈이 만수 형님이라 불린 사람에게 다가가 목례를 했다. 40대 중반 정도의 능글능글 해보이는 아저씨였다. 가까이서 보니 젊었을 때 여자 꽤 울렸을 것 같았다.

"안녕하슈. 남자가 곱게도 생겼구먼. 뭘 일 하다 여까지 오셨는가? 보아하니 우리 쪽 일 하던 양반은 아닌 것 같은데."

역시나 얼굴만큼이나 능글능글한 말투였다. 그래도 조금 전에 설명해 주던 사람보다는 친절했다.

"회사에서 영업일을 좀 했습니다."

유빈이 건조하게 대답했다. 말이 그다지 없는 유빈에게는 수다스러운 사람이 곤욕스러운 상대 중 하나였다.

"그려, 야그는 천천히 하자고. 반가워. 나는 정만수여."

웃는 소리가 들려 쳐다보니 조금 전에 이야기했던 외국인 노동자가 비슷하게 생긴 다섯 명과 이쪽을 보며 웃고 있었다.

"몽고 애들이여. 우리나라 사람은 힘들다고 꺼리는 일이라 외국인이 많은 편이야."

"왜 웃는 거죠?"

"거…… 저 녀석들이 텃세를 부리는 거여. 새로 용역 온 사람 중에 나이가 많거나 힘이 없어 보이면 괜히 저러는 거지. 다 한국 사람한테 배운 것이여. 지게차 기사하고 여기 일 하는 사람들이 무시하고 막 대하는 걸 그대로 따라 하는 거여."

"……김유빈입니다. 잘 부탁합니다."

외국인 노동자에게까지 무시를 당하다니. 끓어오르는 분노를 애써 참았다.

"여자 이름 같구먼. 아무튼, 유빈이, 여기가 뭐 하는 데냐면 말이지. 외국에서 괴기 그니까 소, 돼지 괴기를 수입해서 보관하는 냉동 창고여. 닭고기, 양고기, 그리고 가끔 소 거시기도 들어오고. 허허. 괴기란 괴기는 다 들어오지만서도 대부분은 소고기랑 돼지고기여."

"아, 네……."

"우리가 할 일은 말이지. 컨테이너 안에 들어 있는 괴기 박스를 요기 나무 빠레트에 옮겨 쌓는 일이여. 간단하제?"

그야말로 단순한 일이었다. 별로 위험한 일도 아니었다. 게다가 6월이라 밖은 더운데, 창고 안은 에어컨을 틀어 놓은 것처럼 시원했다.

'그런데 사람들이 왜 금방 그만두는 걸까?'

궁금함에 대한 답은 일을 시작하고 십 분도 안 돼서 알 수 있었다.

"허헉, 저 잠깐 윗옷 좀 벗고 오겠습니다."

컨테이너 안은 냉기로 가득했지만, 온몸에서 땀이 물처럼 흘러내렸다. 유빈은 이미 속옷까지 축축하게 젖어 있었다.

"그려, 서두르지 말고 천천히 혀."

미끄러지지 않게 다리를 고정하고 20킬로그램 무게의 박스를 계속해서 들어 옮겨야 했다. 박수의 개수는 대략 1,200개.

그중 반만 들어 옮긴다고 해도 10톤을 넘게 드는 셈이었다. 박스를 들면서 사용하는 근육은 평소에는 전혀 쓰지 않는 부위였다. 금방 뻐근함이 느껴졌다.

"보통 하루에 깡통 3개는 까니까 오늘 집에 가면 좀 결릴 거여. 처음엔 다 그려."

"……."

대꾸할 힘도 없었다.

만수 형님은 그다지 좋은 체격이 아닌데도 쉽게 박스를 옮겼다. 아무래도 요령이 있어 보였다.

얼추 반 정도가 끝나자 만수 형님이 나가자고 했다. 따라 나가는데 다리가 후들거렸다. 탈수로 죽을까 걱정될 정도로 땀도 많이 흘렸다.

"원래는 깡통 하나 끝내고 쉬어야 하는디, 초짜니까 잠깐 쉬자고. 물 좀 마셔."

논산 훈련소에서 아리랑 고개를 행군할 때 마셨던 이온음료만큼 물이 달게 느껴졌다.

'아…… 시원해. 이렇게 땀 내는 게 얼마 만이냐. 그나저나 완전 운동 부족이네. 취직하기 전에는 이 정도는 아니었는데.'

일을 시작할 때는 심경이 복잡했지만, 막상 땀을 내면서 일하자 아무 생각도 나지 않았다. 단순한 일이었지만, 기분이 조금은 좋아졌다.

"저, 형님. 뭔가 요령이라도 있나요?"

"요령? 허허. 익숙해지는 것이 요령이여. 오늘보다 내일이 내일보다 그다음 날이 더 수월할 것이여."

만수 형님이 너털웃음과 함께 다시 컨테이너로 향했다. 유빈도 따라 일어났다. 쉬었다가 일어나니 종아리가 비명을 질렀다.

유빈은 힘들게 걸어가며 옆 컨테이너에서 일하는 사람들을 무심히 쳐다봤다. 그리고 그 자리에서 멈춰 버렸다. 도저히 눈을 뗄 수가 없었다.

옆 컨테이너 역시 두 명이 함께 작업하고 있었다. 아직 반이 남은 유빈 조와는 달리 이미 마무리 단계였다. 둘 중 삼베옷을 입은 백발의 남자가 한 손으로 박스를 들어 팔레트 위로 휙휙 던지고 있었다.

신기하게도 박스는 팔레트를 벗어나지 않고 제자리에 안착했다. 남자의 움직임은 거의 예술이었다.

"그쪽은 예외여. 저 형님이라면 요령이 있을지도 모르지. 어여 와. 우리도 마무리해야제."

요령이라고? 저 움직임이 요령일 리가 없다. 저건 그냥…… 사기면서 예술이다. 마지막 짜투리 팔레트와 함께 나오는 백발 남자의 얼굴에서는 땀 한 방울 보이지 않았다.

유빈의 눈에는 삼베남이 초월자처럼 보였다.

쉬는 시간에 유빈은 일부러 삼베옷 남자 근처에 자리를 잡았다.

만수 형님에게 형님이라 불린다면 나이가 최소 마흔 중반은 넘었다는 이야기였다. 그런데 겉으로 보이는 외모는 삼십대, 그것도 초반의 모습이었다.

"경이롭죠?"

유빈의 옆에 앉아 있던 또래의 남자가 담배를 내밀었다. 유빈이 고개를 까딱이며 담배를 받아 들자 그는 자기 입으로도 담배를 가져가 불을 붙였다. 다시 보니 삼베남의 파트너였다.

"후우…… 같이 일해 보면 더 놀랄 겁니다. 내가 옮긴 박스는 삼백 개 정도밖에 안 되고 나머지 천 박스를 형님이 다 하신 거예요. 창고 여기저기 옮겨 다니면서 삼 년 동안 까데기를 했는데 저런 분은 처음 봅니다."

유빈과 만수 형님이 오전 내내 한 컨테이너 반을 따는 동안 삼베남과 파트너는 세 개의 컨테이너를 해치웠다.

유빈은 삼베남에 대해 알고 싶었다.

어떻게 저런 힘을 갖게 되었는지, 왜 이런 곳에서 일하고 있는지.

"저분 나이가 어떻게 되시는지 혹시 아세요?"

"후후, 다들 처음에 그걸 궁금해하죠. 저도 듣고도 믿지 못했다니까요. 60년생이래요. 60년생! 사무소에서 주민등록

증 복사한 것을 보여 줘서 믿는 건데…… 솔직히 전 아직도 못 믿겠어요."

유빈도 마찬가지로 믿을 수 없었다.

60년생이라니. 저 얼굴의 어디가 지천명(知天命)의 나이란 말인가. 조금 과장하면 유빈의 형이라고 해도 믿을 만한 얼굴이었다.

하지만 다른 사람들과 떨어져서 바람을 쐬고 앉아 있는 삼 베남의 분위기만큼은 어딘지 모르게 연륜이라고 할까나. 여유로움이 몸에 배어났다.

"저번에 이야기하는 도중에 물으니까 용돈 벌이 겸 몸이 굳을까 봐 운동 삼아 일하신대요. 점심도 안 드시는데…… 어디서 그런 괴력이 나오는지……."

"그렇군요."

남자는 유빈이 열심히 들어 주자 신이 나서 계속 주절거렸다.

"전에는 제가 일하다가 담이 걸렸는데, 아주 제대로 뒷목하고 어깨가 꼬였거든요. 그런데 어떻게 하신 건지 형님이 몇 번 만져 주니까 바로 풀린 거예요. 제가 습관적으로 담이 오는데 그럴 때마다 일도 못 하고 한의원에 가야만 했거든요. 이제는 형님이 계시니까 그럴 걱정이 없어요."

남자가 증명하듯이 오른팔을 빙빙 돌렸다.

"설마요."

들으면 들을수록 삼베남이 마블 영화 캐릭터처럼 보였다. 어쩌면 유빈이 삼베남에게 끌리는 이유도 그가 보이는 초인적인 모습 때문일 수 있었다.

부모 잘 만나야 떵떵거리고 살 수 있는 이 불공평한 세상을 이길 수 있으려면 상식을 뛰어넘는 능력이 있어야 했다.

"믿기지 않겠지만 다 사실이에요. 워낙 미스터리한 분이라 우리끼리는 뒤에서 '도인'이라고 부른다니까요."

도인이라.

정말 잘 어울리는 별명인 것 같았다.

단순히 미스터리해서 그렇다기보다는 능력이 있는 사람이 냉동 창고에서 막노동하며 도를 닦고 있는 것 같은 느낌이 들었기 때문이었다.

능력이 있는 사람이 능력을 드러내기는 쉽지만, 숨기기는 어려운 법이었다.

유빈은 이야기를 길어질수록 삼베남과 이야기를 나누고 싶었다. 논리적으로 설명할 수는 없지만, 삼베남이라면 지금 담처럼 꼬여 있는 답답한 현실에 어떤 식이라도 답을 줄 수 있을 것 같았다.

"어이, 신참. 쉬는 시간이 너무 긴 거 아니야? 점심 전에 지금 딴 건 마무리해야지. 그만 들어가."

담배를 조금 오래 피우는 것 같자 어디선가 나타난 김 반장이 팍팍한 얼굴을 들이댔다.

유빈은 깡으로 네 시간을 일했다. 아니, 버텼다고 해야 맞는 말이었다. 정말 당장에라도 그만두고 싶은 마음이 10분마다 일었지만, 일단 점심시간만 바라보며 이를 악물었다.

드디어 점심시간.

점심때 밥을 뜬 숟가락이 덜덜 떨렸고 한 걸음 걸을 때마다 제대로 걷지 못할 만큼 다리가 후들거렸다. 그래도 머슴밥처럼 식판에 밥과 반찬을 넘치도록 담아 마지막 한 톨까지 입에 집어넣었다.

다시 생각해도 엄청난 반나절이었다. 대학생 때 잠깐 막노동을 한 경험이 있지만, 비교할 수 없이 힘들었다.

'다 먹어야 해. 나머지 네 시간을 버티려면 먹어야 한다.'

그렇다고 억지로 먹는 것은 아니었다. 특별한 반찬도 없었지만 꿀맛이었다. 이렇게 밥을 맛있게 먹은 것이 얼마 만인가 싶었다.

백서제약에서 열심히 일했다고는 하지만 지금처럼 한계까지 몰아붙이며 일을 한 적은 없었다는 생각이 문득 들었다.

유빈은 사람들의 예상과는 달리 무사히 하루를 견뎌냈다.

끈기 하나는 남들보다 자신 있는 유빈이었다. 게다가 삼베남에 대한 호기심이 그만두고 싶어도 버틸 힘이 되어주었다.

"상태 보니 내일은 안 나올 듯?"

"같이 일해 보니까 허여멀건한 친구가 의외로 깡이 있어요. 저는 내일 나온다는 쪽에 한 표!"

"그럼 내기 성립이야."

자신을 두고 하는 뒷이야기가 들렸지만, 유빈은 신경 쓰지 않았다. 그의 시선이 향해 있는 곳은 오직 한곳. 앞에서 유유자적 걸어가고 있는 삼베남이었다.

"저, 저기 선생님 안녕하세요?"

유빈은 기회를 노리다 용기를 내 삼베남에게 다가갔다.

"무슨 일인가?"

삼베남은 마치 알고 있었다는 것처럼 평온한 표정으로 뒤를 돌아봤다.

"저기 안녕하십니까? 저는 오늘부터 알바하러 나온 김유빈이라고 합니다."

유빈이 예의 바르게 고개를 숙였다.

"음, 그렇구먼."

올드한 말투가 외모와 어울리지는 않았지만, 다행히 삼베남은 귀찮아하는 표정은 아니었다. 오히려 더 얘기해 보라는 듯이 흥미로운 시선을 유빈에게 보냈다.

가까이서 보니 조각 같은 미남은 아니었지만, 한 번쯤은 다시 보게 될 정도로 잘생긴 얼굴이었다.

주름이 살짝 있어 나이를 보여 주기는 했지만, 50대라고는 전혀 생각할 수가 없었다. 무엇보다 눈매, 입가, 얼굴형을 통틀어 인상이 정말 부드러웠다.

화 한 번 안 내고 살면 저런 인상이 될까 싶을 정도였다.

"저…… 선생님께 일하는 법을 배우고 싶습니다!"

어떻게 말을 해야 할지 고민하던 유빈이 일단 되는 대로 말을 던졌다. 삼베남이 이상한 사람 취급하지 않기를 바랄 뿐이었다.

잠시 형용할 수 없는 정적이 둘을 감쌌다.

"……일하는 법이라."

"……."

말을 꺼내 놓고도 민망한 것은 어쩔 수 없었다. 하지만 딱히 떠오르는 단어가 없었다. 인생 사는 법을 배우고 싶다고는 말할 수 없지 않은가.

"재밌는 친구일세."

삼베남이 유빈을 유심히 살펴봤다. 살짝 미소를 지은 그가 고개를 끄덕였다.

"무슨 사정인지는 모르겠지만, 장난하는 것 같지는 않군. 자네의 이야기를 한번 들어 보지. 하지만 그 전에 조건이 하나 있네. 우선 한 달간 냉동 창고에서 일하게나. 그만두지 않고 잘 다닌다면 정확히 뭘 원하는지는 모르겠지만, 그때 다시 얘기해 보도록 하지. 어떤가?"

"알겠습니다! 감사합니다! 선생님."

확답은 아니었지만 나름 긍정적인 대답에 유빈은 깊숙이 고개를 숙였다.

"아직 감사를 받을 만한 일을 한 적이 없네."

"아닙니다. 그런데 선생님 성함이라도 알 수 있을까요?"

"음, 내 이름은 송일선이네."

"아, 감사합니다."

"또 그러는군. 예가 과해. 자신을 너무 낮추지 말게. 왜인지 자네는 자신을 낮추는 데 익숙해져 있는 것 같군."

유빈은 속으로 뜨끔했다. 감사 인사는 3년간 영업을 하면서 몸에 밴 습관이었다.

지금까지는 나쁜 습관이라고 생각한 적이 없었는데, 선생님의 말씀을 들으니 기계적으로 굽실거리는 자신이 갑자기 초라하게 느껴졌다.

"내면이 단단하면 겉으로 모습을 낮춰도 자신에게 돌아오는 해가 없지만, 자네처럼 내면이 단단하지 못한 상태에서 지금처럼 행동하다가는 마음이 몸을 따라갈걸세."

마치 유빈의 마음속을 읽은 것 같았다.

"말이 길어졌군. 그럼 내일 보세나."

유빈이 묵묵히 서 있자 알 수 없는 표정으로 한참 동안 쳐다보던 송일선은 다시 가던 길로 유유히 걸어갔다. 그의 발걸음이 유빈과 다르게 가벼워 보였다.

송일선 선생님이 내준 과제에 대차게 대답을 했지만, 위기는 바로 다음 날 아침부터 찾아왔다.

구석구석에 존재하는 근육 하나하나가 고통의 비명을 질러 댔다. 특히 잘 안 쓰는 근육일수록 정도가 심했다.

'아야야야······.'

선생님과의 약속이 아니었으면 침대에서 일어나지도 못할 뻔했다.

힘들게 집을 나섰지만, 광주로 가는 빨간색 버스는 이미 만석이라 서서 갈 수밖에 없었다. 서서 버스를 타는 것이 그렇게 고역일 수가 없었다.

옆 사람과 몸이 부딪힐 때마다 고통의 신음이 배어 나왔다.

'에고고, 이사를 해야겠다.'

고난의 일주일이었지만, 그래도 유빈은 악착같은 심정으로 견뎌 냈다. 다행히 몸은 조금씩 일과에 적응해 갔다.

"젊어서 그런지 금방 따라오는구먼. 역시 젊음은 좋은 것이여."

"아직 형님 따라가려면 멀었습니다."

"나하고 비교하면 안 되지. 창고 밥만 어디 보자······ 벌써 십 년이여. 언제 시간이 이리 빨리 갔데."

만수 형님의 말처럼 창고에서의 하루는 금방 지나갔다. 십년도 한순간인데 한 달이야 지나고 보면 찰나였다.

한 달 후.

"김 반장."

아침 조회가 끝나자 송일선이 작업반장에게 다가갔다.

"형님, 무슨 일이세요?"

도통 말이 없는 송일선이 먼저 말을 걸어오자 작업장의 지배자인 김 반장도 조심스럽게 물었다.

"음, 다른 건 아니고 오늘부터 저기 젊은 친구하고 같이 일하고 싶은데 괜찮을까?"

"네? 신참이요? 어, 그럼요. 형님 부탁이신데 그게 뭐 대숩니까. 어이! 신참!"

김 반장은 한 달이 지났지만, 아직 유빈을 신참이라 불렀다. 하지만 말투는 처음 만났을 때보다 많이 부드러워져 있었다.

"네, 반장님."

"어, 오늘부터 여기 형님하고 한 조야. 잘 보필해."

"아, 네. 알겠습니다."

"약속을 잘 지켰으니 나도 자네의 부탁을 들어줘야 하지 않겠나."

송일선이 웃으며 유빈의 어깨를 툭툭 쳤다.

"감사…… 아니, 열심히 하겠습니다!"

유빈은 두근거리는 마음으로 송일선의 뒤를 따랐다.

한 달간 멀리서 보기는 했지만 바로 옆에서 보니 또 달
랐다.

송일선의 움직임은 물 흐르는 것처럼 자연스러웠다. 잠시
의 망설임과 멈춤도 없었다. 박스와 하나가 된 몸이 춤이라
도 추는 것 같았다.

하지만 송일선은 유빈의 바람과는 다르게 아무 말 없이 일
만 했다. 작은 가르침이라도 기다리던 유빈은 뭐라고 말도
못하고 그저 그의 움직임에 방해가 되지 않도록 일만 했다.

결국, 온종일 여섯 개의 컨테이너를 따는 동안 유빈은 어
떤 말도 듣지 못했다.

묵묵히 일만 하는 것은 생각보다 고역이었다. 가르침은커
녕 일상적인 대화조차 없었다.

유빈은 조금이라도 송일선의 동작을 보고 따라하려 했지
만 무리였다. 아무리 따라하려고 해도 배워지는 건 아니라는
생각만 들었다.

그동안 익숙해졌던 근육이 첫날의 느낌으로 다시 돌아간
것 같았다.

"수고하셨습니다!"

송 선생님과 처음으로 손발을 맞추고도 믿기지 않지만, 여
섯 개의 컨테이너를 하루에 딴 사실을 제외하고는 이전의 날

들과 별다를 것 없는 하루였다.

오히려 평소의 배나 되는 일을 했으니, 조금 잠잠했던 근육들이 다시 비명을 지를 태세였다.

근육을 주무르는 유빈의 머리는 잡생각으로 가득했다.

초인은 타고나는 것이지 만들어진 것이 아니라는 생각부터 왜 송일선에게 말을 걸어 쓸데없는 고생을 하고 있을까 하는 생각이 이어졌다.

갑자기 냉동 창고에서 지낸 한 달이 너무 아까워졌다.

'그냥 일 엄청나게 잘하고 엄청나게 동안인 사람한테 쓸데없는 기대를 한 건 아닐까…….'

유빈의 마음속에 후회가 싹트려 할 때, 송일선이 아침 이후로 처음 말을 건넸다.

"같이 밥 먹으러 갈 텐가?"

"네? 아, 네 가겠습니다."

큰 기대는 안 했지만, 유빈은 송일선을 따라나섰다.

송일선이 유빈을 데려간 식당은 허름한 백반집이었다.

"보기에는 허름해도 음식 맛은 보장하지. 자, 앉게나."

"……."

"냉동 창고에서 많은 사람을 만났지만, 일하는 법을 가르쳐 달라고 말한 사람은 자네가 처음이었네."

"아, 네……."

송 선생님이 서론 없이 본론으로 훅 치고 들어오자 유빈은 침을 꿀떡 삼켰다. 과연 무슨 말을 해 줄지 궁금했다.

"사람들은 내가 일하는 것을 보고 신기해하기만 할 뿐, 뭔가를 배울 생각은 하지 않네. 거기 사람들이야 하루 벌어 하루 살기에 바쁘니 그럴 만도 하지. 그런데 자네는 달랐네. 왜 나에게 그런 말을 한 건가?"

"……뭐라고 말씀을 드려야 할지…… 지금까지 살면서 현실의 두꺼운 벽에 계속 좌절만 하다 보니…… 선생님께서 일하시는 모습을 보고 뭐랄까…… 초월적인 뭔가를 느꼈던 것 같습니다. 그리고 그 뭔가를 배울 수만 있다면 하는 마음이 컸던 것 같습니다."

잠깐 망설이던 유빈은 솔직하게 마음을 털어놓았다. 이렇게 누군가에게 고충을 털어놓은 것도 처음이었다. 왜 그런지는 모르겠지만, 그냥 그러고 싶었다.

"그런 마음이었군."

"네."

괜스레 마음이 울컥했다. 송일선의 짧은 대답에 이해를 받은 느낌이 들었다.

이야기하는 두 사람 사이로 음식이 놓였다. 여러 가지 종류의 나물과 돌솥밥, 그리고 구수한 청국장에서 올라오는 김이 대화 사이의 공백을 메웠다.

"우선 먹게나."

"잘 먹겠습니다."

두 사람 사이에 대화가 사라지고 수저와 그릇이 부딪치는 소리가 대신 자리했다.

송일선이 마지막으로 숭늉까지 깨끗하게 들이켜고는 입가를 닦았다.

"내가 평범한 사람이었다면, 술 한잔 사 주면서 어른이랍시고 위로와 훈계를 했겠지. '인생이란 게 다 그런 거네. 다들 그렇게 힘들게 사는 거지. 포기하지 말고 열심히 노력하게. 그러면 언젠가 뜻을 이룰 걸세'라며 말이네."

송일선의 이야기를 듣던 유빈의 가슴이 울컥했다.

"……열심히 사는 것만으로는 안 되는 세상인 것 같습니다."

유빈이 속마음을 털어놓으려 하자 송일선이 하던 말을 멈추고 묵묵히 다음 말을 기다려줬다.

"냉동창고에 오기 전에 저는 제약회사에서 영업을 했습니다. 정말 열심히 했습니다. 하지만 결과적으로 돌아온 것은 권고사직이었습니다."

"그런 일이 있었군. 그럼 자네는 자네가 원한 어떤 초월적인 능력을 갖추게 되면 무엇을 하고 싶은가?"

"……다시 한 번 제약영업에 도전해 보고 싶습니다."

"제약영업? 흠, 뭔가 이유가 있는 것 같군. 물어봐도 되겠나?"

"꼭 들어가고 싶은 제약회사가 있습니다. 제 가족에게, 그리고 하늘나라로 간 여동생에게 도움을 준 회사입니다. 그 회사에 들어가서 일하고 싶습니다."

"그랬구먼. 음, 자네는 몰랐겠지만, 사실은 나 또한 자네를 기다리고 있었네."

"……네? 저를요?"

이건 또 무슨 소리인가? 나를 기다리고 있었다니.

내가 말을 걸 줄 알았다는 이야기인가?

"믿지 못하겠지만, 우린 전생에서 만난 사이네. 그것도 아주 가까운 사이였지. 우리의 인연은 거기서부터 시작되었네."

"……."

전생? 갑자기 웬 전생?

울컥해서 이야기하던 유빈의 마음이 경계심으로 식어 갔다. 이야기가 산으로 가는 것 같은 기분을 떨칠 수가 없었다.

"전생에서 자네는 미래를 볼 수 있는 능력이 있었지. 자네가 나에게 이곳에서 기다리라고 했네."

"전생이요?"

"그렇다네. 자네, 내공이라고 들어 봤나?"

대화가 이어질수록 가관이었다. 전생에서 들은 이야기 때문에 나를 기다리고 있었다면서 이제는 내공으로 넘어갔다.

"……."

헛웃음조차 나오지 않았다. 아니, 웃을 수가 없었다.

진지한 송일선의 표정에 유빈은 어찌할 바를 몰랐다. 별명이 도인이라고는 하지만 진짜로 내공이라는 말을 할지는 몰랐다.

뭔가가 떠올랐다.

지하철역 근처에서 몇 번 마주쳤던 '도를 아십니까'가 송일선의 얼굴과 겹쳐 보이자 위에서 순탄하게 올라오던 트림이 목구멍에서 꽉 막혔다.

딸꾹!

평균 25㎏의 냉동된 고기 박스가 휙휙 날아다녔다. 옆에서 같이 일하는 간불은 매일 보는 광경이지만 질린 표정이 되었다.

"형, 천천히. 너무 빨라."

"간불, 빨리 끝내면 더 쉬고 좋잖아."

유빈이 오기 전까지 송 선생님 다음으로 일을 잘하던 몽골인 에이스 간불이 고개를 흔들었다. 이 사람은 도저히 따라갈 수가 없었다.

"형은 다른 한국 사람하고 달라. 열심히 해. 빨라. 힘세."

유빈을 쳐다보는 간불의 눈빛은 처음에 유빈이 왔을 때와는 백팔십도 달라져 있었다.

간불에게 말없이 씨익 웃어주며 박스를 나르는 유빈의 얼굴에는 땀 한 방울 맺혀 있지 않았다.

아픈 사람처럼 하얗다 못해 창백했던 피부는 보기 좋게 혈색이 돌았고 비실비실해 보이던 몸도 옷 위로 단단함이 드러나 보였다.

오늘은 스승님과 약속한 냉동 창고에서 일하는 마지막 날이었다. 하역을 마무리한 유빈이 사무소로 향했다.

"김 고수, 정말 그만두는 거야? 한 번만 다시 생각해 봐."

마지막 일당을 받은 후 사무실 사람들과 인사를 나누고 있을 때 밖에 서 있던 김 반장이 불쑥 들어왔다.

안 그래도 검은 피부가 오늘따라 더 시커멓게 보였다.

두 사람 몫을 하는 유빈이 그로서는 아쉬울 수밖에 없었다.

유빈이 김 반장에게 손을 내밀었다.

"반장님, 그동안 고마웠습니다."

"이것 참. 송 선생님도 그만두고 김 고수마저 없으면 다음 주부터 일하는 사람 더 필요할 텐데……."

김 반장이 목소리를 높이며 사무실 직원들을 슬쩍 쳐다봤지만, 그의 눈길에 응해 주는 사람은 없었다.

"저보다 일 잘하는 친구가 올지도 모르잖아요."

"……그랬으면 좋겠지만, 그럴 일은 없을 거야."

쓸쓸해 보이는 김 반장을 뒤로 한 채 유빈이 사무소 사람들에게도 목례하고 밖으로 나왔다.

안전화를 반납하기 위해 현장으로 다시 들어가자 만수 형님이 서 있었다.

"일 년 정도밖에 안 지났는데 완전히 에이스가 다 됐네 그려. 김 반장이 떠나는 사람 잡을 사람이 아닌데 어찌 똥 마려운 강아지처럼 안절부절못하는구먼."

"만수 형님."

"그만둔다니 섭섭하구먼."

"저도 앞으로 형님을 못 뵈니 섭섭합니다."

"……케헴. 결혼할 때 꼭 연락혀. 다른 사람은 몰라도 동생 결혼할 때는 꼭 갈 테니까."

"당연하죠. 청첩장 만들면 꼭 들르겠습니다."

나머지 하역반과도 간단히 인사를 나누고 유빈은 냉동 창고를 한 번 둘러봤다.

이곳에서 이렇게 오래 일할 거라고는 처음 왔을 때는 전혀 생각하지 못했다. 그래도 일 년을 일한 곳이라 창고 곳곳에 눈길이 갔다.

워낙 일하는 사람이 자주 그만두고 바뀌는 곳이라 크게 소란을 피우는 사람은 없었다.

간볼이 아쉽다는 듯이 유빈을 꼭 껴안았다.

생긴 것만 봐서는 한국 사람과 구별이 쉽지 않은 몽골인이지만, 한국 사람만큼 정은 많았다.

"형, 고마워. 형 덕분에 한국 사람 좋아졌어. 건강해. 나중에 울란바토르 놀러 와."

"그래, 간불. 어려운 일 있으면 연락해라. 건강 잘 챙기고."

간불과 만수 형님의 배웅을 받으며 입구에 도달하자 첫날 왔을 때 맞아줬던 경비아저씨가 이번에는 마지막으로 마중을 나왔다.

"오늘이 마지막인 거여?"

"네."

"솔직히 처음 왔을 때, 바로 그만둘 거로 생각했는데 내가 틀렸구먼. 내가 그래도 사람 보는 눈이 있어서 지금까지 한 번도 틀린 적이 없었는데."

"하하. 틀려서 다행이죠. 건강하게 잘 지내세요."

고개 숙여 인사하는 유빈을 향해 경비아저씨가 손을 흔들며 중얼거렸다.

"……일 년 만에 사람이 저렇게 바뀔 수도 있는 거여."

유빈은 아무도 안 보이자 삼동냉장을 향해 손을 흔들었다.

"스승님을 만나게 해줘서 고맙다."

일 년 전, 이곳에 왔을 때만 해도 불안으로 가득했던 모습이 떠올랐다.

잠시 걸음을 멈춘 유빈은 자신에게 속삭였다.

'일 년 전의 나를 잊지 말자.'

일 년 전 백반집에서 송일선은 '내공'이라는 단어와 함께 스테인레스 숟가락을 오 등분 내버렸다.

딸꾹질이 멈추지 않은 채로 유빈은 두말없이 그의 제자가 되었다.

비전의 수련법을 전수해 준 송일선은 유빈이 어느 정도 경지에 오르자 홀가분한 표정으로 이별을 고했다.

"도인이라고 산에서만 살아야 한다는 법은 없다. 수행의 길은 사람들과 부딪혀 가며 스스로 개척하는 것. 마음이 가는 대로 행동하거라."

"스승님……."

"냉동 창고 일은 일 년은 채우거라. 수련과 함께 몸이 만들어지는 데는 최소한 일 년 정도 시간이 필요하다."

"명심하겠습니다."

같이 지낸 시간은 짧았지만, 유빈은 송일선에게 진심으로 존경과 감사의 눈빛을 보냈다.

"계룡산에 거처가 있다. 말 상대가 필요하면 언제든지 찾아오도록 해라."

스승님과 이별한 후에도 유빈은 태화산의 거처를 떠나지 않고 수련과 함께 제약회사에 다시 취직하기 위한 준비를 시작했다.

그렇게 또다시 두 달이 흘렀다.

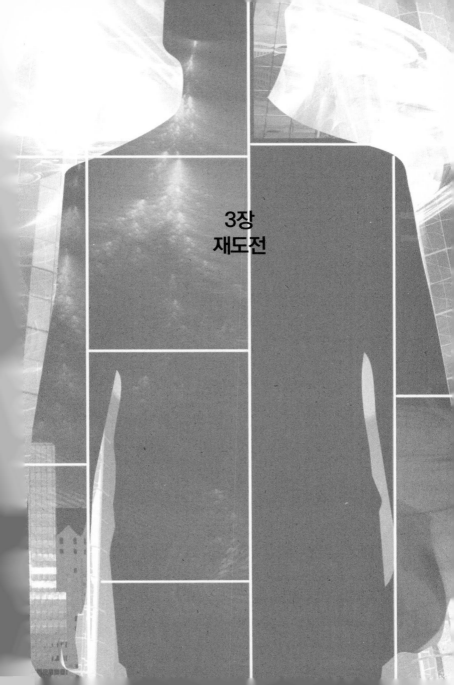

3장
재도전

LC 495/ RC 495

유빈은 손에 들려 있는 성적표를 한참 동안 쳐다봤다.

토익 990점. 만점이었다.

그렇게 노력해도 오르지 않던 점수를 단 한 번의 시험으로 받은 것이었다. 한데 좋으면서도 한편으로는 찝찝한 기분이 드는 것은 어쩔 수 없었다.

마치 심시티에서 돈이 무제한으로 생긴 듯한? 아니면 삼국지에서 치트키를 사용한 듯한 느낌이었다.

하지만 유빈은 곧바로 그런 기분을 떨쳐 버렸다.

'아니야. 난 누구보다 열심히 살았어. 그런데 돌아온 건 왕

따와 퇴직 권고 그리고 여자 친구의 이별 통보였지. 난 이제 그렇게 바보같이 열심히만 살지 않을 거야.'

유빈은 스승님의 말씀을 떠올렸다.

'능력에 대해 너무 깊게 생각하지 말거라. 그저 잘 사용하기나 하거라.'

일 년간의 수련으로 유빈에게 생긴 변화는 두 가지였다.

첫 번째는 심신의 변화였다.

송일선이 전수해 준 수련법은 각각 내공과 외공을 담당하는 호심법(護心法)과 완무(緩舞)였다.

호심법은 말 그대로 마음을 보호하는 호흡법이었다. 호흡 수련을 할수록 마음이 차분해지고 전처럼 쉽게 감정이 흔들리지 않았다.

완무는 느린 춤이라는 뜻으로 정해진 동작을 최대한 느리게 하는 일종의 체조였다.

두 가지 수련의 효과는 가히 놀라운 것이어서 6개월이 지나자 유빈의 몸에 서서히 변화가 나타났다.

비뚤어져 있던 척추, 다리뼈가 제자리를 찾으면서 숨어 있던 키가 고스란히 실제 키가 되었다.

시력도 좋아져서 안경이 더는 필요 없게 되었고, 피부는 여드름 자국마저 사라져 연예인처럼 광이 날 정도였다.

첫 번째로 유빈에게 생긴 변화는 비상식적이긴 하지만 그래도 일어날 수는 있는 일이었다. 하지만 유빈이 얻은 두 번째 능력은 기적 또는 초현실적인 것이라고밖에 설명할 수 없었다.

"스승님, 요즘 호흡에 집중하다 보면 이상한 영상이 보입니다."

"그래? 뭐가 보이느냐?"

"사실 보인다기보다는 꿈속을 걷고 있는 느낌이랄까. 안개 사이로 한 번도 가 보지 못한 외국의 도시가 보입니다. 신기한 점은 남자는 전부 중절모나 건빵 모자를 쓰고 다닙니다. 고층 건물도 있는데 굉장히 고풍스럽습니다. 마치 오래된 외국 영화를 보고 있는 것 같은 기분이 듭니다."

"호오. 벌써 층의 경계가 약해졌구나."

"네? 층이라뇨? 저한테 하신 말씀이세요?"

스승님은 잠시 대화를 멈추고 시선을 돌리더니 생각에 잠겼다.

"유빈아, 지금부터 내가 하는 말을 잘 듣거라. 이해가 안 되더라도 끝까지 들어야 한다."

뭔가를 결심한 듯 스승님의 신중한 표정에 유빈도 무겁게 고개를 끄덕였다.

"지금 수련하고 있는 호심법에는 네가 알고 있는 효용 외에 특별한 능력이 하나 더 있다."

특별한 능력이라니. 지금까지의 효과만으로도 기적에 가까운데 그보다 더 특별한 게 있을 수 있을까.

"호흡 도중에 떠오른 영상은 바로 네 전생의 기록이다."

"네…… 네?! 커헉. 컥, 컥. 콜록. 콜록."

예상을 뛰어넘은 스승님의 이야기에 침이 식도가 아닌 기도로 들어가 버렸다. 기침이 잦아들기를 기다리던 스승님이 이야기를 계속했다.

"호심법은 의식과 무의식 사이를 가로막고 있는 경계를 약하게 만드는 효과가 있다. 조금 전에 말한 층이 바로 그 경계다. 우선 계속 호흡 수련을 이어 가거라. 그러면 내가 설명해 주지 않아도 자연스럽게 우주의 큰 원리 중 하나를 깨달을 수 있을 것이다."

스승님의 말만 들어서는 전혀 이해가 되지 않았다.

전생? 무의식?

살면서 그다지 떠올린 적이 없는 단어들이다.

유빈은 일단 스승님의 말씀에 따라 수련에 집중했다.

며칠간은 똑같은 영상이 이어졌다.

그러던 어느 날, 꿈속에서 영상이 1인칭 시점이 아닌 3인칭 시점으로 갑자기 바뀌더니 곧이어 전생의 나를 만날 수 있었다.

그것은 순식간에 벌어진 일이어서 머리가 쉽게 따라가지 못했다.

하지만 안개가 걷히면서 모든 풍경이 선명해진 것처럼 가슴은 새로운 경험을 받아들이고 있었다.

그 기분은 정말 묘한 것이어서 김유빈이라는 내 모습이 억겁의 시간 동안 수없이 많은 전생을 거쳐 지금에 다다랐다는 진실을 부지불식간에 깨닫게 되었다.

호흡을 조심스럽게 마무리하자마자 유빈은 스승님에게 곧바로 달려갔다.

"스승님! 전생의 저를 만났습니다! 스승님의 말씀이 전부 이해가 됩니다!"

"허허. 신 나 보이는구나. 그래, 전생의 너는 어떤 사람이었느냐?"

"저는 미국 사람이었습니다. 영화배우처럼 훤칠하게 생겨서 인기가 좋았습니다. 그리고 그는, 아니, 저는, 아니, 그는…… 아무튼 영업사원이었습니다."

갑자기 얻은 깨달음이라 아직 머릿속은 뒤죽박죽이었다. 다만 전생에서도 영업사원이었다는 사실만은 명확하게 머릿속에 자리 잡았다.

"영업사원이라. 흐음……."

"저처럼 제약회사 영업은 아니었지만, 영업 능력이 매우 뛰어나서 어떤 것이든 가리지 않고 팔았습니다. 보험, 칼, 치약…… 종류도 다양했습니다."

"그 당시에는 치약도 영업을 했었구나. 허허, 그거 재미있구나."

"그런데 끝이 좋지 않았습니다. 젊은 날, 돈에 집착해서 다단계 영업을 시작했고 결국 많은 사람에게 피해를 줬습니다. 저 역시 파산을 했고 노년을 후회와 함께 마무리했습니다."

"전생의 삶에서 쌓은 업은 이번 생이 되었든 다음 생이 되었든 언젠가 반드시 되돌아온다."

"네, 스승님."

송일선이 이해가 된다는 듯이 고개를 천천히 끄덕였다.

수련을 통해 능력을 갖추게 되면 영업사원이 아니라 해도 충분히 두각을 나타낼 텐데, 유빈은 굳이 제약영업을 고집했다.

"아무래도 네 경우에는 전생의 업이 바로 다음 생으로 이어진 것 같구나. 네가 영업 일을 계속하려는 것도 전생의 무의식에서 알게 모르게 영향을 받은 것 같다."

유빈이 제약회사를 선택한 데는 다른 이유가 있었다. 다만 생명공학과를 전공했기 때문에 연구직으로 가야 전공을 살릴 수 있음에도 그는 영업부를 선택했다.

백서제약에 다닐 때도 주변 사람 때문에 괴롭기는 했지만, 영업 자체에는 재미를 느꼈었다. 스승님의 말씀처럼 전생에서 평생 영업을 했지만, 마지막에는 후회를 느꼈기 때문에 그랬을 거라는 생각이 들었다.

'그럴지도……'

생각이 많아진 유빈 때문에 대화가 끊어졌다. 스승님은 유빈이 충분히 생각할 정리할 수 있도록 기다려 줬다.

"죄송합니다, 스승님. 갑자기 알게 된 것이 많아서 잠시 정리할 시간이 필요했습니다."

"아니다. 당연한 반응이야. 그런데 갑자기 새로운 능력이 생겼다든가, 배운 적도 없는 지식이 머릿속에 가득 차 있거나 하는 변화는 없느냐?

"네? 스승님이 그걸 어떻게……."

안 그래도 여쭤 보려던 이야기였다.

전생의 경험도 혼란스러웠지만, 유빈을 당황하게 한 것은 따로 있었다. 스승님은 모든 걸 알고 있다는 듯이 흥미로운 표정으로 유빈의 대답을 기다렸다.

"전에는 알지 못했던 영업 기술이 머릿속에 가득합니다. 개인 성향에 따라 차별화된 영업 방법, 다양한 영업 경험, 심리학을 토대로 사람을 대하는 방식 등이 자연스럽게 떠오릅니다."

"오호, 그렇구나. 뛰어난 영업사원이라 했으니 그럴 만도 하지. 영업 기술이라니. 흥미롭구나. 혹시 다른 건 없느냐?"

"사실은…… 이게 말도 안 되는 상황이지만, 저도 모르게 영어를 잘하게 되었습니다."

유빈은 망설이면서 조심스럽게 대답했다. 인터넷 광고처럼 사기꾼 취급당하기에 딱 좋은 멘트 같았다.

"영어를 잘하게 되었구나. 영어는 그래도 쓸데가 많아서 좋겠구나."

뭔가 이상한 반응이었다.

스승님은 놀라기보다는 새로운 장난감을 갖게 된 아이처럼 즐거워했다.

"스승님, 왜 놀라지 않으십니까. 제가 하루아침에 미국 사람처럼 영어를 잘하게 되었다니까요. 이것 보십시오. I can't imagine what's happening to me! This is just…… uh, absolutely impossible!"

한국어가 끝나자마자 조금 망설이던 유빈의 입에서 유창한 미국식 영어가 흘러나왔다.

"들으셨죠? 머릿속에 있는 생각이 그대로 영어로 나옵니다."

"뭐라고 하는지는 모르겠다만, 발음이 참 좋구나."

"그게 아니라……."

"진정하거라. 그것은 바로 호심법의 효용이다. 전생에서 그 사람이 열심히 하고 잘했던 능력이 현실의 너에게 전이된 것이다."

"……."

"네 전생이었던 미국 사람이 영업사원이었으니 영업에 대해 얼마나 잘 알고 있겠느냐. 그리고 미국 사람의 모국어가 무엇이냐? 그런 연유로 네가 영어를 잘하게 된 것이다."

전생이 존재한다는 엄청난 진실을 깨달았다고 생각한 유빈에게는 또 다른 충격이었다.

전생의 능력을 현생에서 쓸 수 있다니!

문득 작년에 지금의 상황과 비슷한 내용을 텔레비전 뉴스에서 봤던 기억이 떠올랐다.

뉴스는 호주에 사는 청년이 교통사고를 당했다는 내용으로 시작했다. 그 청년은 의식이 한동안 없다 깨어났는데 일어나자마자 부모님께 유창한 중국어를 했다는 뉴스였다.

믿기지 않는 점은 그 청년은 중국에 가 본 적도 없고 중국어를 배운 적도 없었다.

그 당시에는 '세상에는 별일이 다 있구나' 하며 넘어갔지만, 논리적으로 따져 보면 정말 놀라운 일이었다.

놀란 마음에 정신이 살짝 나간 유빈은 무슨 생각이 떠올랐는지 스승님을 빤히 쳐다봤다.

"그럼 스승님도 전생에서……."

"허허, 나도 5개 국어 정도는 한다. 나는 전생에 중국의 중

의사였다. 그전에는 조선 시대의 심마니였지. 심마니 전에는 스페인의 뱃사람이었다."

당연할 것을 뭘 묻느냐는 듯이 스승님은 유빈의 말이 끝나지도 않았는데 줄줄이 대답해 주었다.

"헉! 5개 국어요?"

"외국어는 보통 덤으로 딸려 오더구나."

"아! 그래서 스승님께서 치료도 할 줄 아시고 약초에 대해서도 잘 아셨던 거군요?"

"허허, 벌써 받아들였느냐? 나보다 받아들이는 속도가 훨씬 빠르구나. 나는 처음에 스승님에게 똑같은 이야기를 들었을 때, 일주일 동안 방 안에만 틀어박혀 있었다. 믿을 수가 없었던 거지. 하지만 생각하면 생각할수록 모든 게 딱딱 들어맞더구나."

유빈도 쉽게 받아들이는 스스로가 신기했다.

"수련자로서 마음을 항상 평온하게 유지해야 하지만 아직도 새로운 능력이 생길 때마다 흥분되는 것은 어쩔 수 없구나. 허허. 이제는 제자인 너도 경지를 개척했으니 내 삶의 낙이 두 배가 되었구나."

"하아, 호심법이라는 게 정말 말도 안 되는 수련법이었군요."

즐거워하는 스승님에 비해 유빈의 심장은 아직도 쿵쾅거렸다.

"괜히 호흡법에 호심이란 이름을 붙인 것이 아니다. 전생의 너는 범죄자는 아니었지만, 다단계 영업으로 많은 사람에게 피해를 줬지? 지금으로 치면 사기꾼이라고 할 수 있겠구나."

유빈이 무겁게 고개를 끄덕였다.

"수없이 많은 삶을 보다 보면 별별 인생을 만나게 된다. 사람 목숨을 파리 목숨으로 여기는 살인마였을 수도 있고, 그것보다 심한 경우에는 수천 명을 죽인 전범자였을 수도 있다."

"……그럴 수도 있겠군요."

"그런 삶을 직접 보게 되면 심적으로 매우 큰 충격을 받게 되지. 그때 호심법이 네 마음을 지켜 줄 것이다. 전생에서의 업은 어떻게든 다시 나타날 것이니 후회도 걱정도 할 필요가 없다. 그저 이번 생을 충실하게 잘 살아라."

"명심하겠습니다."

유빈은 스승님과의 대화를 곱씹어 볼 때마다 마음이 차분해졌다. 마치 스승님이 바로 옆에서 도와주는 것 같은 느낌이 들었다.

가끔 혼란스러울 때도 있지만, 시간이 지난 지금은 머리도 마음도 깨달음을 거의 받아들인 상태였다.

토익 성적표를 들고 잠시 회상에 빠졌던 유빈이 마음속으로 스승님께 다시 한 번 감사를 드리며 옆에 있는 노트북의 전원을 켰다.

취업 포탈에는 수많은 일자리가 지원자를 기다리고 있었다. 상반기 공채 시즌이었다.

'이렇게 일자리가 많은데, 한 군데에도 합격이 안 된다면 얼마나 슬플까.'

스승님을 만나기 전의 암울한 과거가 생각난 유빈은 검색창에 '제약영업'을 쳤다.

역시나 수많은 제약회사가 경력직, 신입사원을 뽑고 있었다. 그중에 유독 눈에 들어오는 회사가 있었다.

제네스코리아.

유빈이 처음부터 입사하고 싶었던 회사. 대학교를 막 졸업하고 지원서를 냈지만, 면접 기회조차 주지 않은 회사. 바로 그 회사였다.

유빈은 제네스코리아의 홈페이지에 입사지원서와 자기소개서를 입력했다.

과거에는 거절을 당했지만, 유빈은 떨리지 않았다.

자신감은 단지 토익점수 만점에서 나오는 것만은 아니

었다. 광주에서 수련했던 일 년간의 시간이 만들어준 삶에 대한 근본적인 태도가 자신감의 원천이었다.

회사의 서류 심사자는 수많은 입사지원서를 읽는다.

숙련된 심사자라면 지원자가 어떤 마음으로 지원서를 썼는지 금방 파악할 수 있다.

자신감 있는 사람의 글은 표가 난다

예전에는 '제발 나를 뽑아주세요' 하는 마음으로 입사 지원서를 냈다면, 지금은 '내가 당신네 회사에 입사하면 다른 사람보다 월등한 결과를 낼 수 있고 그런 나를 안 뽑는다면 회사만 손해다'라는 마음으로 자기소개서를 써내려갔다.

전생의 경험 또한 자소서를 쓰는 데 큰 도움이 되었다. 전생의 그가 수많은 회사를 오가면서 쓴 레쥬메만 수십 개였다.

사는 나라와 시대는 다르지만, 세상에는 변하지 않는 것들이 있다. 사람의 마음을 얻는 방법은 예나 지금이나 별다를 바가 없다.

유빈이 전생의 경험을 녹여 쓴 자소서를 읽는다면, 그냥 지나칠 리 없었다.

입사지원 완료 버튼을 누른 유빈은 다른 몇 개의 외국계 회사에도 지원서를 내고 노트북을 닫았다.

결과 발표까지는 아직 일주일의 기간이 남았다.

유빈이 전화기를 꺼내 들었다.

"어머니? 저 오늘 저녁에 내려갈게요."

"어떻게 된 거예요?"

대전 유성에 있는 어머니 집에 도착한 유빈은 선뜻 문 안으로 발을 들일 수가 없었다.

생전에 외할아버지가 사셨던 죽동의 작은 주택은 얼핏 봐도 50마리가 넘는 각양각색의 강아지로 가득 차 있었다.

마당에 조잡하게 쳐 놓은 울타리 안에서 녀석들은 낯선 사람이 들어오자 목청 높여 합창해 댔다.

"멍하니 서 있지 말고 어서 들어와라. 얘들아, 짖지 마!"

유빈은 마당을 가로질러 오랜만에 만난 어머니를 꼭 끌어안았다.

"어머! 유빈아, 너 키 컸니? 살도 좀 쪘구나! 안경 안 쓰니까 인물이 훨씬 사는구나. 그래, 요즘 렌즈를 끼지 누가 안경 쓰고 다니니. 잘했다, 잘했어."

수련으로 외모의 변화가 일어난 이후로 유빈의 예전 모습을 아는 사람을 만난 것은 어머니가 처음이었다.

유빈은 잠시 고민을 했다.

어머니에게 굳이 광주에서 있었던 일을 말씀드릴 필요는 없을 것 같았다.

"아…… 요즘 운동을 열심히 했더니 살이 붙었나 봐요."

"어머머, 팔뚝 단단해진 거 봐라. 아휴, 잘했다. 난 외지서 혼자 살아서 밥도 못 먹고 다니는가 걱정했는데, 다행이다, 다행이야."

어머니가 환하게 웃었지만, 유빈은 웃음보다 깊어진 눈주름만 눈에 들어왔다. 혼자 계시는 어머니를 너무 내버려 둔 것 같아 한쪽 가슴이 아려왔다.

"그런데 어떻게 된 거예요?"

만남의 회포를 풀자 유빈은 처음에 했던 질문을 다시 할 수밖에 없었다.

전에 왔을 때만 해도 어머니가 불쌍하다고 키우는 유기견은 열 마리 정도에 불과했다. 그런데 지금 이곳의 상황은 유기견 보호소나 다름없었다.

"사람들이 어떻게 알았는지 한 마리, 두 마리씩 집 앞에 놓고 가서…… 어쩔 수 없잖니. 다 불쌍한 애들인데……."

"그래도 이건 좀…… 힘들지는 않으세요?"

유빈이 뭐가 그렇게 좋다고 자기들끼리 놀고 있는 강아지를 심란하게 바라봤다.

어머니 혼자서 이 모든 강아지를 돌보기에는 벅차 보였다.

쿵쿵쿵쿵. 끼이이익.

어머니의 대답이 밖에서 거칠게 문을 두드리는 소리에 묻혀 버렸다. 집 안쪽에서의 대답도 기다리지 않고 녹슨 철문이 신경질적으로 열렸다.

"양씨 아줌마! 개새끼들 좀 안 짖게 하라고 했잖아! 시끄러워서 살 수가 없다고!"

문을 열고 나타난 사람은 녹색의 새마을운동 모자를 쓴 전형적인 시골 할아버지였다.

"아, 이장님. 죄송해요. 아들이 와서 애들이 흥분했나 봐요. 제가 조용히 시킬게요."

이런 일이 전에도 자주 있었는지 어머니는 자연스럽게 사과하기에 바빴다.

이장은 건장한 사내가 같이 있자 잠시 움찔했지만, 분노를 꺼뜨리지는 않았다. 얼굴이 불그스름한 게 낮술이라도 한 모양이었다.

어머니한테 함부로 말하는 이장에게 화가 치밀었다. 하지만 지금껏 민폐였을 수도 있는 일이었기에 유빈은 호흡으로 마음을 차분히 가라앉혔다.

"이장님이세요? 처음 뵙겠습니다. 김유빈이라고 합니다. 어머니가 평소에 이장님에게 도움을 많이 받는다고 들었습니다. 정말 감사합니다."

"어, 어…… 안녕하슈?"

화라는 것은 맞불을 놔야 더 커지는 법.

유빈이 물처럼 부드럽게 다가가자 성을 내던 이장도 얼떨결에 인사를 받았다.

"개가 짖어서 많이 시끄러우셨죠? 저도 누가 옆에서 시끄럽게 하면 신경이 쓰이고 화가 나더라고요."

"뭐, 아니, 그렇게 시끄러운 건 아니고……."

유빈은 이장의 아미그달라에 들어온 빨간 불이 꺼지려는 것을 알 수 있었다.

머릿속으로 전생의 지식이 빠르게 떠올랐다.

아미그달라. 뇌 속이 편도체로 변연계 가장 깊숙한 곳에 자리 잡고 있다. 유쾌, 불쾌의 분류장치로 위험이 닥치거나 불안하거나 나를 무시하고 남이 내 생각대로 움직이지 않으면 불쾌의 빨간 불이 들어온다.

불쾌해진 아미그달라를 다루는 방법은 간단하다. 반박하거나 무시하지 말고 상대의 감정을 인정해 주고 받아들이면 빨간 불은 힘없이 꺼진다.

"어머니, 감사의 의미로 이장님에게 술이라도 대접하고 싶은데 잠깐 나갔다 오겠습니다."

"……으, 응 그러려무나."

어머니는 유빈의 갑작스러운 행동에 어안이 벙벙해져 고개만 끄덕일 뿐이었다.

"이장님, 가시죠. 제가 처음 뵀는데 막걸리 한잔 대접해도 될까요?"

"어…… 그럴까?"

유빈이 예의 바르게 모시자 이장은 순순히 밖으로 따라 나왔다. 처음에 불쾌함으로 물들어 있던 표정이 평범한 동네 할아버지로 돌아와 있었다.

유빈이 집에 돌아온 건 두 시간 정도 지난 후였다. 걱정이라고는 없는 강아지들은 또다시 반가운 합창을 해 댔다.

"얘들아! 조용! 유빈아 그 심술쟁이 영감하고 지금까지 있었던 거야? 무슨 일이 있었던 건 아니지?"

"아니에요. 막걸리 한 병 같이 마셨어요. 하고 싶은 이야기가 많으셨나 봐요. 베트남전에 참전했던 이야기부터 정치 문제까지 신이 나서 말씀하시더라고요."

"뭣 하러 영감 이야기를 들어줬니? 그리고 그 영감이 도와주기는 뭘 도와줘. 툭하면 개 짖는다고 소리만 질렀지."

"앞으로는 그럴 일은 없을 거예요. 저하고 약속하셨어요."

"약속을 했어?"

어머니는 이해가 안 된다는 표정이었다.

"그분도 그냥 외로워서, 사람하고 이야기하고 싶어서 그랬던 것뿐이에요."

"네가 그걸 어떻게 알아?"

"조금만 이야기를 들으면 알 수 있어요. 이장이라고는 하지만 작은 마을이라 딱히 할 일도 없고 마을 사람들도 상대를 잘 안 해주니까 화낼 대상을 찾은 거예요. 화라도 내야 사람들이 관심을 두니까요."

"그랬어?"

유빈은 이 년 넘게 같은 동네에서 산 어머니보다 이장님을 더 잘 이해하고 있었다.

"그러니까 앞으로 오시면 차라도 한 잔 드리고 이야기도 좀 나누세요. 강아지 짖을까 봐 맘 졸이고 싫은 소리 듣는 것보다는 낫잖아요."

아들에게서 빛이 나는 것 같았다. 아들이 잘 자란 것 같아 괜스레 마음이 울컥했지만, 웃으며 물었다.

"……아들. 왜 이렇게 똑똑해졌어? 아니, 속이 깊어졌어?"

"어머니, 저 영업하잖아요."

유빈은 전생의 삶에서 익힌 영업 기술이 현재의 삶에서도 유용하다는 사실을 깨달았다. 그리고 백서제약에 다닐 때 자신이 얼마나 주먹구구식으로 영업을 했는지도 알게 되었다.

'그렇게 무턱대고 전략도 없이 자주 찾아가기만 하고 기다리기만 했으니.'

부끄럽기까지 했지만, 유빈은 과거의 모습을 잊거나 회피하고 싶지는 않았다.

과거를 기억하지 못하면 과거를 반복하는 운명에 처한다.

전생의 유빈이 좋아한 스페인 철학자의 명언이었다.

'그래, 이번에는 제대로 한번 영업해 보자.'

하루라도 빨리 일하고 싶어 몸이 근질거리는 유빈이었다.

유빈은 어머니 집에 와서 태화산에서보다 더 바쁜 하루를 보냈다. 개 쉰 마리를 돌보는 것은 보통 일이 아니었다.

하루에 두 번씩 밥을 주고 배설물을 치우고 청소하고 싸우는 것 말리고……. 할 일이 끝없이 생겼다.

그뿐만이 아니었다.

아픈 애들은 없는지, 혹시 전염성 피부병에 걸린 애는 없는지, 설사하지는 않았는지 챙겨야 할 일도 한두 개가 아니었다.

어머니와 나눠서 일하는데도 하루가 금방 지나갔다.

"어머니, 혼자서 이 일을 어떻게 다 하세요? 힘들지 않으세요?"

"힘들지. 그런데 힘들어도 어쩌겠니. 해야 할 일이니까 하는 거지. 그래도 네가 도와주니까 좀 낫구나. 아이구구 허리야."

"저한테 말씀하시지 그러셨어요. 직접 도와 드리지는 못해도 돈이라도 더 부쳐 드렸을 텐데……."

"됐다. 그나저나 사료가 거의 떨어졌구나. 작년에는 사료 회사에서 기부해 줘서 올해는 무사히 넘겼는데 아무 소식이 없는 걸 보니 내년이 문제구나."

문제는 사료뿐만이 아니었다. 쉰 마리를 다 사육하기에는 공간도 턱없이 부족했다.

애들을 계속 챙기기에는 어머니의 건강도 그다지 좋아 보이지 않았다.

"어머니. 내일은 오후에 잠깐 나갔다 올게요."

"누구 만나니?"

"일이 있어서요. 아침에 힘쓰는 일은 다 해 놓고 나갈 테니까 걱정하지 마세요."

"걱정은 무슨. 천천히 놀다 와도 된다. 너 없을 때 엄마가 혼자서 다 한 일이야."

어머니에게 말씀드린 대로 다음 날 오후, 유빈은 집을 나섰다. 유빈이 향한 곳은 죽동과 얼마 멀지 않은 곳에 있는 유빈의 모교, C 대학교였다.

"정말 오랜만이네."

개강한 지 얼마 안 돼서 학교는 학생으로 붐볐고 젊음으로 활기가 넘쳤다.

그다지 특별한 추억은 없었지만, 유빈에게도 소소한 에피소드가 곳곳의 장소에 어려 있었다.

유빈은 4년간 공부했던 기초과학부 건물을 지나 수의과 대학으로 향했다.

　교내순환 버스를 타고 수의대에 도착하자 버스를 간발의 차이로 놓친 여학생 한 명이 버스 정류장으로 다가왔다.

　"저, 실례합니다."

　"네? 무슨 일이세요?"

　"혹시 수의대 학생이세요?"

　"네, 맞는데요."

　여학생은 낯선 남자가 말을 걸자 경계하는 표정이었다. 유빈이 보기에는 아직 어린 티가 풀풀 났지만, 태도는 똑 부러졌다.

　"잘됐네요. 저기 수의대 학과장실이 어딘지 알 수 있을까요?"

　"학과장님이요?"

　"아, 저는 여기 생명공학과 졸업생입니다. 수의대 학과장님을 뵐 일이 있어서요."

　경계가 풀어지지 않자 유빈은 먼저 자신을 소개했다. 졸업생이라고 하자 여학생의 표정이 조금 부드러워졌다.

　"아, 그러세요? 학과장님 방은 동물병원 4층이에요. 산과 고승철 교수님이 학과장님이세요."

　"4층, 고승철 교수님. 기억했습니다. 고마워요."

　유빈이 고개를 숙여 인사하자 여학생인 손사래를 쳤다.

"아니에요."

"그럼 한 가지만 더 물어봐도 될까요?"

"네, 괜찮아요."

"혹시 여기 수의대에 봉사 동아리가 있나요? 그러니까 예를 들어 유기견 보호시설이라든가 비슷한 곳에 봉사 활동하는……."

"봉사 동아리요? 네, 있어요. 동물사랑 줄여서 동사동아리인데 저도 동아리원이에요."

"정말이에요? 와, 이거 우연이네요."

"그런데 봉사 동아리는 왜……?"

"그게…… 학교 근처에 혼자서 유기견 쉰 마리를 돌보는 분이 계시거든요. 그분에게 도움을 드리고 싶어서 여기 수의대에 찾아왔습니다. 수의대는 동물을 사랑하는 학생이 모인 곳이잖아요."

"뭐, 그렇다고 할 수 있죠."

여학생이 쑥스럽게 답했다.

"그중에서도 봉사 활동까지 하는 학생은 정말 동물을 사랑할 것 같아요. 공부도 잘하고 마음씨도 따뜻하니 나중에 정말 훌륭한 수의사가 될 것 같아요."

여학생의 얼굴이 붉어졌다.

"그래서 학과장님께 부탁하려고 하는데, 잘 찾아온 거죠?"

"그럼요."

"저기, 제가 잘 몰라서 그러는데 바쁘지 않으면 혹시 저를 조금만 더 도와주시면 안 될까요? 학과장님에게 살짝 소개만 해주면 되는데……."

"어…… 네, 그 정도야 뭐. 좋은 일 하시니까 도와 드리는 거예요."

"정말 고맙습니다. 역시 제가 생각한 대로 마음씨가 고우시네요."

유빈은 여학생을 상대하면서도 영업 스킬을 적절히 사용했다. 칭찬과 문간에 발 들여놓기 기법이었다.

문간에 발 들여놓기 기법은 작은 부탁을 들어준 뒤에는 더 큰 부탁도 쉽게 들어주는 경향을 이용하는 방법이다.

무엇보다 학과장은 낯선 사람인 유빈을 익숙한 수의대 학생이 소개했기 때문에 문전박대할 수 없었다.

유빈은 여학생의 소개로 학과장인 고승철 교수를 만났다. 고승철 교수는 학교 바로 옆에 유기견을 돌보는 분이 있다는 이야기를 듣고 사료 기부에 동참했다.

수의대에 사료를 후원하는 업체가 많아서 기부할 양은 충분했다.

학과장은 처음에는 망설였지만, 유빈이 교내 학보사에 후배가 있어서 기사도 낼 가능성이 있다고 하자 흔쾌히 받아들였다.

뭐 진짜로 아는 후배가 있는 것은 아니지만, 이 학교 졸업생이니 후배가 있다는 게 거짓말은 아니지 않은가.

"고마워요. 수빈 씨 도움이 아니었으면 불가능했을 거예요."

"제가 뭘 했다고요. 도움이 돼서 다행이에요."

여학생과 통성명을 한 유빈은 진심으로 고마워했다. 영업 기술을 쓰기는 했지만, 여학생에게 한 말은 모두 진심이었다.

"그럼 동아리에서도 정기적으로 봉사 활동을 가는 건가요?"

"네, 거리도 가깝고 학과장님도 도와주신다고 하시니까 동아리 회장 언니도 전화로 좋다고 했어요. 동아리원들과 이야기는 해봐야겠지만…… 제가 적극적으로 얘기해 볼게요."

"수빈 씨, 나중에 혹시, 이건 정말 혹시인데, 동물병원 말고 제약회사에서 일해 볼 생각 있으면 연락 주세요. 제가 최선을 다해 도와줄게요."

"네, 그런데 정말 02학번 졸업생이세요?"

"맞는데, 왜요?"

"너무 어려 보여서…… 스물다섯 살 여섯 살 정도로밖에 안 보여서요. 같이 학교 다니는 복학생 오빠들보다 어려 보여요."

"하하! 그거 칭찬이죠. 저 31살이에요. 수빈 씨는 영업해도 잘하겠는데요."

　수빈 학생의 얼굴이 다시 붉어졌다.

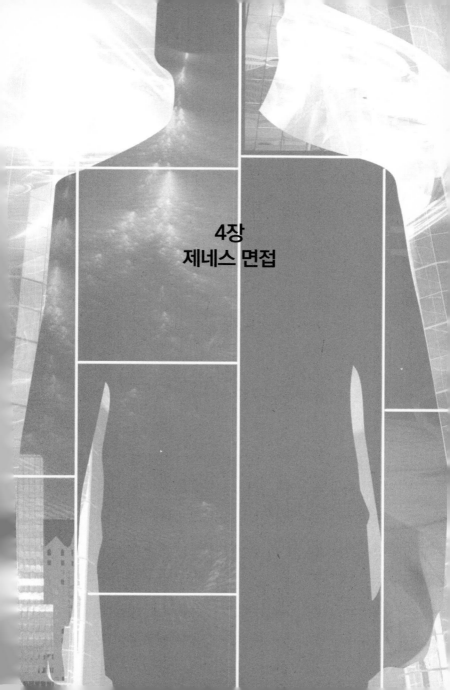

4장
제네스 면접

새 학기에 새로 봉사 활동할 장소를 물색하고 있던 '동사' 동아리는 화끈하게 바로 주말에 어머니 집을 방문했다.

유빈이 잠깐 피해 있는 사이에 사료는 포대째로 창고에 쌓였고 울타리는 새것처럼 깨끗이 청소되었다.

강아지들은 싫어했지만, 목욕하고 나니 뽀송뽀송한 예쁜 강아지로 탈바꿈했다.

학생들은 동아리 활동이 아니더라도 자주 오겠다는 약속을 하고 돌아갔다.

어머니는 집 곳곳을 돌아보며 웃음을 감추지 못하셨다. 저렇게 환하게 웃는 모습은 정말 오랜만이었다.

유빈도 처음으로 아들 노릇을 제대로 한 것 같아 덩달아 기분이 좋아졌다.

"어디 갔다 왔니? 네가 나간 사이에 학생들이 왔다 갔다. 이게 도대체 무슨 일인지 모르겠다. 갑자기 모든 문제가 다 사라졌구나."

"무슨 일이긴, 좋은 일이죠. 수의대 동아리가 어떻게 알고 봉사 활동을 왔는지는 모르겠지만, 저도 이제 한시름 놓을 수 있겠네요."

시치미를 뚝 떼는 유빈을 어머니가 따뜻한 눈으로 바라봤다.

"하늘에 계신 네 아버지와…… 인아가 도운 걸 거야."

시간이 많이 흘렀지만, 아버지와 인아의 이야기가 나오면 마음이 무거워지는 건 어쩔 수 없었다.

"……그럴 거예요. 어머니 저 먼저 들어갈게요."

"그래그래."

유빈은 방에 들어가 노트북을 켰다.

당장은 필요한 문제를 해결했지만, 궁극적으로 어머니에게는 더 크고 개들이 짖어도 누가 뭐라고 하지 않는 공간이 필요했다.

그리고 그 문제를 해결하기 위해서는 돈이 있어야 했다.

이미 세 개의 외국계 회사에서 합격 메일이 와 있었다. 하지만 유빈은 그다지 기쁘지 않았다.

유빈이 원하는 회사는 단 한 곳, 제네스코리아였지만 아직 연락이 없었다.

공고된 면접 일시로 봐 내일까지도 연락이 없으면 서류 탈락일 확률이 높았다.

'인아야…… 어머니가 환하게 웃는 모습 오랜만에 봤지? 오빠가 효도했으니까 너도 오빠 도와줘야 해.'

서랍장 위에 놓인 가족사진을 물끄러미 쳐다봤다.

사진 속에서 활짝 웃고 있는 인아가 '도와줄게'라고 말하는 것 같았다.

가라앉은 마음을 다스릴 겸, 유빈은 평소보다 조금 일찍 호흡 수련을 시작했다.

최근 수련을 하다 보면 새로운 풍경이 얼핏얼핏 나타났다. 처음 전생을 봤을 때와 비슷한 느낌이었기에 유빈은 흥분하지 않고 차분히 호흡을 이어 갔다.

그런데 오늘은 어머니를 도와 드린 후련함이 수련과 이어졌는지, 풍경이 굉장히 선명하게 보였다.

정상이 하얀 눈으로 뒤덮인 뾰족한 산봉우리가 병풍처럼 장엄하게 펼쳐져 있었다.

사람의 발길이 닿기 힘들어 보이는 험한 산세.

유빈의 시선이 아이맥스 영화처럼 산맥을 빠르게 스치고 지나갔다.

시선은 자세히 보지 않으면 알아채지 못할 작은 동굴의 입구에 머물렀다.

장면이 바뀌고 유빈은 이미 동굴 안에 들어와 있었다.

하얀 머리와 수염이 가슴까지 치렁치렁하게 내려온 노인이 동굴 구석에서 결가부좌를 틀고 있었다. 빼빼 마른 몸 위에는 천 조각 하나 걸쳐져 있지 않음에도 불구하고 노인은 지극히 평온해 보였다.

유빈의 시선이 조금 더 가까이 다가가자 노인의 깊고 맑은 눈과 시선이 정면으로 마주쳤다.

황홀한 빛무리와 함께 호흡을 갈무리한 유빈이 눈을 천천히 떴다.

"난 히말라야의 수행자였어……."

유빈이 본 건 바로 두 번째 전생이었다. 미국인 영업사원이었던 전생 그 이전 생에서 그는 히말라야의 수행자였다.

그를 성자로 칭하는 사람도 있었지만, 자아의 탐구, 우주의 진리를 깨닫기 위해 세상으로부터 자신을 스스로 철저히 격리시킨 구도자였다.

'……그런데 왜 아무런 변화가 없지?'

처음의 경험처럼 은근히 새로운 능력을 기대하던 유빈은 아무런 변화가 없자 고개를 갸우뚱했다.

"스승님이 안 계시니 여쭤 볼 수도 없고, 이런 경우도 있는 건가?"

기대를 한 건 사실이지만 유빈은 크게 개의치 않았다. 스승님 말씀처럼 능력은 부차적인 것. 경지가 깊어진 사실에 만족하며 수련을 마무리했다.

유빈이 전생의 기억을 곱씹어 보고 있을 때 밖에서 요란한 전화벨 소리가 울렸다.

"유빈아, 네 핸드폰으로 전화 왔다. 02 번호인데?"

"그래요? 잠시만요."

서울이라면 전화가 올 곳이 한 군데밖에 없었다.

재빨리 나간 유빈이 전화기 폴더를 열었다.

뭔가 느낌이 왔다.

-안녕하세요. 김유빈 씨 맞으세요?

차분한 여성의 목소리가 전해져 왔다.

"네, 맞습니다. 김유빈입니다."

-안녕하세요. 전화 드린 곳은 제네스코리아 인사부입니다. 이번에 신입 MR 모집에 지원하셨죠?

"네, 맞습니다."

심장이 두근거렸다. 메일이 아니라 전화여서 의외이긴 했지만 기다리던 연락이 온 것이다. 최대한 의연하게 대답을 했다.

-서류 전형에 합격하셔서 연락드렸습니다.

"아, 감사합니다."

유빈이 주먹을 꽉 쥐었다.

　-내일 합격자분들께 일괄적으로 면접시험 관련 메일을 보내드릴 예정입니다. 혹시 수신되지 않으면 이 번호로 연락 주시기 바랍니다.

　"알겠습니다. 확인해 보겠습니다."

　-그럼 면접 때 뵙겠습니다.

　"네, 감사합니다."

　바보같이 감사하다는 말만 몇 번 했는지 모르지만 상관없었다. 첫 관문을 넘은 셈이었다.

　전화를 끊은 뒤 유빈은 잠시 가만히 서 있었다.

　"아들, 무슨 전화야? 무슨 일 있어?"

　"예스!!"

　유빈은 어퍼컷을 날리며 기쁨의 세레모니를 펼쳤다.

　"아이고, 깜짝이야! 얘가 갑자기 왜 이래?"

　"어머니! 저 제네스코리아에 면접 보러 가요!"

　유빈은 어머니를 한참 동안 들었다 내려놨다.

　이야기를 들은 어머니는 집안에 좋은 일만 생긴다며 좋아하셨다. 모자는 늦은 시간까지 긴 대화를 나누었다.

　유빈은 유성에서 하룻밤을 더 보내고 면접 준비를 위해 서울로 향했다.

　"아들, 고마워. 정말 고마워."

어머니가 아셨을까? 버스 좌석에 앉자 철문 앞에서 작별할 때 어머니가 마지막에 해주신 말씀이 뇌리에 남아 맴돌았다.

어머니를 위해서라도 제네스코리아에 꼭 합격해야 했다.

면접관이 지원자에게서 주로 보는 것은 인상과 태도다. 첫인상이 괜찮으면 일단 좋은 점수를 받고 시작한다.

태도 역시 중요하다. 말을 꺼낼 때, 상대방의 말을 들을 때, 당황했을 때의 태도.

태도에서 많은 것이 드러난다.

사실 대답의 내용 자체는 그다지 중요하지 않다. 지원자가 신입인 경우, 제약업계에 대해 알면 얼마나 알겠는가.

말발로 첫인상을 역전시키는 지원자도 가끔 있지만 정말 드문 경우다.

그런 사실을 알고 있는 유빈은 우선 외모에 신경을 썼다.

새로 산 네이비색의 양복을 꺼내 입고 연신 거울을 살폈다. 예전에 영업할 때 입었던 양복은 작아서 더는 입을 수가 없었다.

새 양복이 유빈의 슬림한 몸에 딱 들어맞았다.

'괜찮은데.'

백서제약에 다닐 때는 왜소함을 숨기려고 일부러 통이 크고 어깨 뽕이 있는 양복을 입었지만, 이제는 그럴 필요가 없었다.

오랜만에 입은 양복 냄새가 유빈을 조금 흥분시켰다.

전생에서 수십 년간 양복을 입어서일까, 일 년 만에 입은 양복이 어색할 만도 한데 오히려 편안한 느낌이 들었다.

집을 나선 유빈이 길을 걸어가자 남녀를 불문하고 시선이 따라왔다.

이마를 드러낸 깔끔한 헤어스타일, 하얗고 깨끗한 피부. 큰 키와 샤프한 몸매. 그리고 잘생기면서도 선한 인상을 소유한 유빈의 동작 하나하나가 광고모델이라고 해도 손색이 없었다.

제네스코리아는 고층 건물이 즐비한 강남구 테헤란로에 자리 잡고 있었다.

버스에서 내린 유빈은 왕복 10차선의 테헤란로를 건너면서 맞은편의 건물을 살폈다.

그중 세련된 디자인의 한 건물에서 천지창조의 손가락을 나타내는 제네스코리아의 로고를 발견할 수 있었다.

유빈의 입가에 미소가 어렸다.

"일단 밥을 먹을까?"

예전 같으면 면접을 앞두고 쿵쾅거리는 심장 때문에 식사는커녕 토하지 않으면 다행이었지만, 이제는 달랐다.

유빈은 새삼 달라진 자신의 모습이 마음에 들었다.

면접 시작은 두 시간 후였다. 건물의 위치를 확인한 유빈은 요기하기 위해 골목길로 들어갔다.

끼이익!

편의점에서 샌드위치와 녹차를 계산하고 다 먹었을 때쯤 갑자기 밖에서 짧지만 강렬한 타이어 마찰음이 들려왔다.

'사고라도 났나? 골목길인데 차 좀 천천히 몰지.'

쓰레기를 버리고 편의점 밖으로 나가자 사고 현장을 몇몇 사람이 둘러싸고 있었다. 그 사이로 얼핏 보니 중년의 남자가 쓰러져서 버둥대고 있었다.

"어이구, 허리야! 내 허리! 어흑흑……."

피는 보이지 않았지만, 통증이 심한 듯 사람들이 안부를 물어도 비명만 질렀다.

사고를 낸 차량은 하얀색 재규어로 그 옆에는 금발의 여성이 다급하게 전화를 걸고 있었다. 운전자가 외국인인 모양이었다.

일행인 듯한 남자가 전화하고 있는 여성에게 언성을 높이고 있어 외국인 여성은 당황한 빛이 역력했다.

전생의 영향인지 금발의 여성이 친숙하게 느껴졌지만, 그것뿐이었다. 교통사고는 늘 있는 일. 그다지 큰 사고도 아니고 신고할 만한 사람도 주변에 많았다.

중요한 시험을 앞둔 유빈은 시선을 돌려 지나치려 했다.

"엇!"

그런데 갑자기 시야에 빛이 번지기 시작했다. 유빈이 놀라며 두 눈을 비볐지만, 아무 소용이 없었다. 물리적인 문제가 아닌 것 같았다.

다행히 몇 분 지나자 어두운 곳에서 밝은 곳에 갑자기 나왔을 때처럼 빛 번짐 현상이 서서히 사라졌다.

'후유…… 다행이다. 갑자기 왜 이러는 거야? 면접 앞두고 큰일 날 뻔했네. 헉!'

속으로 안도의 한숨을 내쉬고 있는데 밝아진 눈에 주변에 서 있던 사람이 들어왔다. 그런데 사람들을 기이한 빛이 감싸고 있는 게 아닌가.

동시에 새로운 깨달음이 불현듯 머릿속을 장악했다.

'오라(AURA)!'

기이한 빛의 정체는 오라였다. 인체나 물체가 주위에 발산하는 신비한 기운으로 전생의 히말라야 성자는 오랜 수행으로 오라를 볼 수 있었다.

왜 지금 능력이 나타났는지는 알 수 없지만, 전생에서의 능력이 유빈에게 아직 완전히 전이되지는 않은 모양이었다.

유빈은 오라로 시야 안에 있는 사람들의 상태를 얼핏 알 수 있었다. 사람마다 각양각색의 오라를 가지고 있었다.

'저 사람들은······!'

유빈의 시선이 사고를 당한 남자와 일행에서 멈췄다.

아직 적응이 잘되지 않는 상태였지만, 유빈은 사고 현장으로 다가갔다. 가까이 다가가자 오라의 상태가 더 또렷이 보였다.

유빈은 먼저 어쩔 줄 몰라 하는 외국인 여성에게 말을 걸었다.

비싼 외제차만 봐도 대충 알 수 있었지만, 여자의 외모는 한국으로 발령받은 외국계 회사 CEO의 사모님 같은 분위기였다.

"실례합니다. 혹시 보험회사는 불렀나요?"

유창한 영어가 들리자 여자는 안도하는 표정으로 급히 전화를 끊었다.

"Oh, thanks god! Are you Korean? Could you explain what happened to this guy? He is just not listening.(오, 하느님! 한국 사람이세요? 무슨 상황인지 이 남자에게 설명해 줄 수 있어요? 이 남자는 도통 말을 들으려 하지 않아요.)"

"잠시만요. 저기요."

"당신은 또 뭐야! 아는 사람 아니면 비켜! 이 여자가 내 동생을 차로 쳤다고!"

남자가 유빈을 옆으로 밀치려 했지만, 유빈은 미동도 하지 않았다. 남자는 오히려 기세에 눌려 한 발짝 뒤로 물러섰다.

"구급차는 부르셨나요?"

유빈은 화내지 않고 차분히 대응했다.

"어……."

"동생분이 다쳤는데 구급차를 먼저 불러야지 따지고만 있으면 해결이 됩니까?"

유빈은 알 수 있었다.

이 둘은 지금 거짓말을 하는 것이 분명했다.

탁한 붉은색의 오라가 흔들리는 촛불처럼 불안하게 흔들리며 둘을 감싸고 있었다.

"이 근처에 CCTV 많으니까, 보험회사에서 오면 어떻게 된 건지 금방 알 수 있겠네요."

"여기 CCTV가 어디 있어?"

당황했던 남자는 유빈이 CCTV 이야기를 하자 당당하게 되물었다.

유빈이 주변을 보니 실제로 CCTV를 찾기가 어려웠다. 그리고 남자가 그 사실을 미리 알고 있었다는 것을 짐작할 수 있었다.

"That guy came out of nowhere! I was just entering the corner!(저기 쓰러져 있는 남자가 갑자기 튀어나왔어요! 저는 평소처럼 코너를 도려는 참이었고요!)"

"침착하세요. 무슨 말인지 알겠어요. 보험회사는 불렀나요?"

"My office is just around the corner. I've called to my

colleague. I'm not sure I can explain this situation properly cause I'm bit nervous right now.(바로 근처에 회사가 있어요. 회사 동료들에게는 전화했어요. 지금 약간 흥분상태라 보험회사에 상황을 제대로 설명해 줄 자신이 없네요)"

유빈은 재빨리 주변을 살폈다. 2.0이 넘는 유빈의 시력에 낮이라서 잘 보이지는 않지만 점등하고 있는 작은 불빛이 보였다.

불빛은 현장에서 몇십 미터 떨어져 주차된 차 안에서 깜박이고 있었다. 차로 다가간 유빈이 전화기를 들었다.

몇 통의 통화를 하고 다시 현장으로 돌아온 유빈이 침착하게 이야기했다.

"차 안에 상시 블랙박스가 있었네요. 각도로 보니 조금 전 상황을 제대로 찍었을 것 같습니다."

"……."

"차 주인분이 지금 나오신다고 하니 잠깐 기다리시죠. 그리고 제가 119와 경찰에 전화했습니다."

"아니, 그게……."

넘어져 있던 남자는 더는 비명을 지르지 않았다. 그저 눈알만 데룩데룩 굴리며 눈치를 보고 있었다.

"형님, 저…… 괜찮아진 것 같습니다. 세게 부딪힌 것도 아닌데요."

"어, 어…… 저 다행히 동생이 괜찮다고 하는데…… 그냥 가도 될 것 같습니다."

성을 내던 남자는 어느새 존댓말을 쓰고 있었다.

동생이라 불린 남자가 털고 일어나자 외국인 여성은 입을 다물지 못했다. 무슨 상황인지 정확히는 모르지만, 표정으로 봐서는 상황이 역전된 듯이 보였다.

마침 경찰차가 사이렌을 울리며 골목길로 진입했다.

"그렇게는 안 되겠는데요."

유빈이 급히 현장을 떠나려던 두 사람을 가로막으며 경찰에게 상황을 설명했다.

마침 외국인 여성의 한국 동료도 현장에 나타났다. 동료라고는 하지만 여성을 상당히 어려워하는 눈치였다.

그러거나 말거나. 할 일을 마친 유빈은 그제야 시간을 확인했다.

"컥! 십 분 전이다! 그럼 전 바쁜 일이 있어서 먼저 가 보겠습니다. 경찰관님, 잘 처리해 주세요."

"Wait a minute! I don't know how to thank you! Could I have your number?(잠깐만요. 제가 어떻게 고마움을 표현해야 할지 모르겠네요. 연락처라도 알 수 있을까요?)"

"괜찮습니다. 제가 지금 조금 바빠서 먼저 가 보겠습니다. 운전 조심하세요."

"Then, please call this number!(그럼 이 번호로 꼭 연락 주세요!)"

여성이 명함을 건넸다.

유빈은 명함을 보지도 않고 양복 주머니에 찔러 넣은 채로 전속력으로 달렸다.

"이래서 오지랖은 안 돼."

갑자기 오라가 보인 덕분에(?) 좋은 일을 하기는 했지만, 중요한 시험을 앞두고 끼어들 만한 대단한 일은 아니었다.

다행히 면접 시간에 늦지 않은 유빈은 화장실에서 흐트러진 머리와 옷매무새를 정리했다.

오라가 보였다 안 보였다 해서 정신이 사나웠지만 변기에 앉아 호흡하니 서서히 마음이 가라앉았다.

화장실에서 나온 유빈이 그제야 편안하게 주위를 둘러봤다.

제네스코리아.

미국계 다국적 기업인 제네스그룹의 한국지사.

본사는 100년을 훌쩍 넘는 역사를 가진 기업이다.

제약회사로 시작한 그룹은 크게 헬스케어와 첨단소재사업부로 나누어져 있으며 각 분야에서 매출 1위를 고수하고 있다.

제네스그룹에는 전 세계적으로 20만여 명의 직원이 종사하고 있다.

한국에도 1980년에 제약사업부가 첫발을 들여놓은 이후 블록버스터 약품을 포함한 다양한 포트폴리오로 승승장구하고 있다.

'그런 대단한 회사란 말이지…….'

유빈은 벽에 전시된 제네스코리아 관련 내용을 훑었다.

명성에 걸맞게 직원에 대한 복지와 연봉은 업계 최고 수준이다. 개인의 발전을 돕는 제네스그룹 특유의 3S 프로그램(Self career path—자유로운 직렬 변경, Self development—자기 계발, Self motivation—자기 동기 부여)을 갖추고 있다.

매년 구직자를 대상으로 하는 직장 선호도 조사에서 외국계 기업은 물론 국내 굴지의 대기업을 제치고 상위권에서 벗어난 적이 없다.

기사를 스크랩한 내용도 전시되어 있었다.

면접을 기다리는 지원자들이 유난히 긴장해 있는 것도 바로 이런 이유 때문이었다.

유유히 주변을 둘러보던 유빈도 그들 속에 자리를 잡았다. 몇몇 여성 지원자가 유빈을 유심히 쳐다보다 눈이 마주치자 황급히 고개를 돌렸다.

유빈은 싱긋 웃어주고는 다시 사람들을 둘러봤다.

수십 번은 본 것 같은 A4 종이를 들고 주문을 외듯이 중얼거리는 사람, 끊임없이 거울을 보며 외모를 체크하는 사람. 무의식적으로 손톱을 깨무는 사람.

그런 지원자 속에서 흔들림 없이 안정된 오라를 보이는 사람도 몇 있었다.

'이 사람은 합격하겠는걸.'

유빈이 통제되지 않는 오라를 보는 능력으로 뜻하지 않게 면접관 흉내를 내고 있을 때, 번호가 호명되었다.

"38번, 39번, 40번. 준비하세요."

40번은 유빈의 번호였다.

자리에서 일어나 직원으로 보이는 사람 옆에 가서 섰다.

38번과 39번으로 보이는 남녀 지원자가 미리 서 있는 유빈의 옆으로 와 섰다.

얼굴을 보아하니 이제 갓 졸업한 애들 같았다.

그중 39번 여자 지원자의 오라는 폭풍의 언덕에 서 있는 것처럼 위태롭게 흔들려서 보고 있는 유빈도 심란할 정도였다.

대기하고 있자 이전 면접 조가 문을 열고 나왔다. 하나같이 얼굴이 상기되어 있는 것이, 안도와 실망이 섞인 표정이었다.

들어가라는 직원의 손짓에 면접실에 들어서자 특유의 무거운 공기가 숨을 턱 막히게 했다.

조금 전 나갔던 면접자들의 열기가 아직도 남아 있는 것 같았다.

지원자처럼 남자 두 명과 여자 한 명으로 구성된 면접관의 포스는 보통이 아니었다. 성비는 같았지만, 지금 이 순간만큼 갑과 을의 관계가 확실하게 구분되는 때도 없다는 생각이 문득 들었다.

세일즈 박용신.
마케팅 이연수.
에이치알 강찬호.

그들 앞에 놓여 있는 명패였다. 보통 가운데 앉아 있는 사람이 직위가 높을 가능성이 컸다. 세일즈 박용신이 그 자리에 앉아 있었다.

"시작하겠습니다. 순서대로 자기소개해 보세요."

여성 면접관인 마케팅이 포문을 열었다.

생각대로 38번과 39번은 올해 대학을 졸업한 지원자였다. 38번 남자는 약사로 전반적인 스펙이 무난했다. 공인 영어 점수도 800점대 후반, 봉사 활동 경험, 아르바이트 경험 모두 약대와 관련한 것이었다.

유빈은 세 면접관의 오라를 유심히 살폈다.

듣는 내내 면접관의 오라도 크게 변화가 없었지만, 자기소개를 다 듣고는 세일즈의 오라만 약한 붉은색으로 변했다.

'훗, 세일즈 입장에서는 마음에 안 들겠지. 약사라는 타이틀이 유일한 장점일 테고 그다지 도전하는 타입으로는 안 보이니까.'

그다음 39번 여자 지원자는 서울 명문사립대 졸업자였다.

38번과는 반대로 스펙이 과할 정도로 많았다. 공모전, 인턴십, 알바, 영어 점수도 900점 중반이었다.

역시나 면접관들의 동요는 별로 없었다. 겉으로는 흥미 있는 척 고개를 끄덕이고 있지만, 속으로는 하품을 하고 있는 것이 분명했다.

이번에는 마케팅의 오라가 붉은색으로 변했다.

역시 여자의 적은 여자인가. 여리하게 생겨서 어딘가 동정심을 유발하는 39번의 외모는 강한 여성상인 마케팅과는 반대되는 느낌이었다.

다음은 유빈의 차례였다.

유빈은 차분히 자기소개를 했다.

하지만 소개를 하면 할수록 면접관의 오라가 안 좋은 방향으로 반응했다.

지방국립대 졸업생이라는 말에 마케팅에 빨간 불이 들어왔다.

백서제약에서 3년간 영업을 했다는 말에 세일즈가 관심을 보였지만 ERP(조기 퇴직프로그램)로 퇴사했다는 말에 인사부에 빨간불이 들어왔다.

자기소개만으로는 유빈이 지원자 세 명 중 최하의 평가를 받고 있는 것이 분명했다.

'저 두 명의 오라를 다시 원래대로 돌려놔야 합격할 수 있겠군. 면접관이 마음에 안 들어 할 줄은 알았지만, 반응이 너

무 정직한데?'

역전의 기회는 쉽게 오지 않았다. 다른 지원자에 비해 유빈에게는 확연하게 질문이 적었다.

하지만 유빈은 침착했다. 기회만 온다면 평가는 언제든지 역전시킬 수 있었다.

그리고 그 첫 번째 기회가 왔다.

"김유빈 씨는 토익 점수가 만점이군요. 혹시 다른 영어 점수도 가지고 있나요? 토익 스피킹? 토플?"

"아니요. 다른 시험 점수는 없습니다. 하지만 영어 회화는 자신이 있습니다."

"그래요? 그렇다면 조금 전에 38번 조진혁 씨가 질문에 답한 내용을 영어로 말할 수 있나요?"

방 안에 무거운 침묵과 긴장이 맴돌았다.

영어를 잘해야 함은 물론이고 다른 지원자의 이야기도 경청하고 있었어야 답할 수 있는 고난도의 질문이었다.

'완전히 보내 버리겠다 이거지.'

누가 다른 지원자의 답변까지 유심히 듣겠는가.

그럼에도 유빈의 입에서는 답변이 영어로 막힘없이 흘러나왔다.

"내성적인 성격으로 보이는데 영업을 잘할 수 있겠느냐는 면접관님의 질문에 조진혁 씨는 이렇게 답했습니다. 과거에는 내성적인 성격이었지만, 대학교에 들어가서 동아리 활동과 아르바이트 등 사회 간접 경험을 하면서 내성적인 성격을 극복했습니다. 그러므로 영업을 하는 데 지장은 없습니다."

면접관이 질문했을 때보다 조금 더 긴 침묵이 시간을 메웠다.

네이티브 뺨치는 악센트와 발음이 흘러나오자, 모든 시선이 순식간에 유빈에게 쏠렸다.

질문을 던진 마케팅 이연수 면접관의 입가에 살짝 미소가 어렸다. 그녀로서는 전혀 예상하지 못한 실력이었다.

세일즈 박용신 면접관이 처음으로 유빈에게 질문했다.

"김유빈 씨가 같은 질문을 받는다면 어떻게 대답할 건가요?"

"영어로 답해야 하나요?"

"아니요. 영어는 충분합니다."

"네. 조진혁 씨가 내성적인 성향을 극복하기 위해 노력했다는 점도 훌륭하다고 생각합니다. 다만, 저는 외향적인 성격을 가진 사람이 영업을 잘한다는 것은 편견이라고 생각합니다. 내성적인 사람은 꼼꼼함, 세심함, 꾸준함 등의 장점으로 외향적인 사람 못지않게 영업력을 발휘할 수 있다고 생각합니다. 또한, 일반적인 영업과는 달리 제약 영업은 신규 고객을 만나는 일보다 기존의 정해진 고객을 만나기 때문에, 고객 입장에서는 차분하고 실수 없는 영업사원도 선호할 것으로 생각합니다."

"역시 유경험자라 잘 아는군요."

유빈의 대답에 질문자는 만족스러운 표정을 지었다.

단지 대답의 내용 때문만은 아니었다. 자신감 있으면서도 겸손을 잃지 않는 태도가 맘에 들었다.

면접관이 주로 보는 것 중 하나가 지원자의 조직 친화적인 태도다. 혼자서 너무 잘나도 동료들과 잘 어울리지 못한다면 회사에서는 좋아하지 않는다.

순식간에 관심의 추가 유빈에게 쏠렸다.

다른 두 명의 지원자마저 감탄의 눈으로 유빈의 대답에 고개를 끄덕였다.

하지만 아직 인사부 면접관의 오라는 붉은색을 유지하고 있었다.

"이 질문을 안 할 수가 없군요. 이전 회사에서 ERP를 신청한 이유는 무엇입니까?"

인사부 강찬호 면접관은 사실 조금 전까지만 해도 유빈에게 이 질문을 할 생각이 없었다.

외모는 호감형이었지만, 그 외의 스펙이나 특히 인사담당자로서 3년 차가 ERP를 신청했다는 사실이 유쾌하지 않았다.

그런데 질문을 안 하기에는 김유빈이 너무 도드라졌다. 영어 능력은 물론이고 지금까지 심사했던 모든 지원자 중에서 태도와 자세는 비교할 사람이 없었다.

만약 경력이 없는 신입 지원이었다면 그것만으로도 두말 없이 통과였다.

두 번째 기회가 왔다.

질문을 받은 유빈은 어디까지 솔직해져야 할지 잠시 망설였다.

제약업계는 한두 사람만 건너면 아는 사람을 찾을 수 있는 좁은 바닥이다. 특히 경력직을 뽑을 때는 레퍼런스 체크라는 것을 하는데 이전 회사에 지원자에 관해 물어보는 방식이었다.

전 직장에서 깽판을 쳤다면 당연히 레퍼런스 체크를 통과할 수 없었다.

"원하지는 않았지만, ERP 신청을 할 수밖에 없는 상황이었습니다. 전 직장에서는 제가 많이 부족했다고밖에 말씀드릴 수가 없습니다. 다만, 제가 드릴 수 있는 말씀은 일 년간 재취업을 준비하면서 그때의 실수를 반복하지 않기 위해 노력했다는 것입니다. 누구에게나 재도전의 기회는 주어져야 한다고 생각합니다."

전 직장 또는 직장 동료를 탓하고 싶지는 않았다. 전 지점장에게 제대로 복수하는 방법은 같은 업계에서 성공한 모습을 보여 주는 것이었다.

인사부 면접관의 빨간 오라색이 옅어졌다. 과거를 반성하고 실수를 기반으로 해서 앞으로 나아가겠다는데 무슨 꼬투리를 더 잡겠는가.

면접이 막바지에 이르렀다. 세 지원자에게 공통적인 질문이 들어갔다.

"왜 우리 회사에 지원했나요?"

흔하지만 지원자에게는 대답하기 까다로운 질문이었다.

"……약대 공부를 하면서 제네스의 약품을 많이 접했습니다. 약품 하나하나가 수많은 사람의 고통을 덜게 해 주었다고 생각합니다. 그러면서 회사에 대해 호기심이 생겼고 저도 제네스에서 일해 보고 싶다는 생각을 했습니다."

"……제네스는 제약 업계뿐만 아니라, 다국적 기업을 통틀어서 최고의 회사라고 생각합니다. 직원과 함께 발전해 나간다는 모토가 제 마음을 사로잡았습니다."

두 지원자의 마지막 답변이 끝났다.

레퍼토리만 달랐지 지원자 대부분이 하는 답변이었다. 면접관도 딱히 기대하고 묻는 말은 아니었다.

세 면접관은 마지막으로 유빈의 답변을 기다렸다.

"제가 제네스에 지원한 이유는…… 매우 개인적인 것입니다. 저에게는 여동생이 있었습니다."

유빈은 잠시 말을 멈췄다가 이어 갔다.

뜬금없는 대답에 흐트러져 있던 시선이 다시 유빈에게 집중되었다.

"여동생은 부신백질이형성장애라는 이름조차 어려운 소아 희귀병을 앓았습니다. 일단 진단을 받으면 수년 내에 사망하게 되는 무서운 병입니다. 여동생이 진단을 받았을 당시에는 이 병의 치료약이 없었습니다. 그런데 동생이 하늘나라로 가기 일 년 전, 기적처럼 제약회사에서 치료약이 나왔습니다. 회사가 사회 환원의 일종으로 진행하던 희소병 치료 연구의 결과였습니다. 다행이면서도 불행하게도 그 약은 근본적인 치료제는 아니었습니다. 증상을 조금 호전시킬 뿐이었습니다. 하지만 그 약 덕분에 우리 가족은 여동생이 떠나가기 전 마지막 일 년을 정말 행복하게 보낼 수 있었습니다."

면접실은 고요했다. 모든 사람이 유빈의 다음 말을 기다렸다.

"그 제약회사가 바로 제네스였습니다. 그리고 중학생이었던 저는 그때부터 제약회사에 꿈을 두었습니다. 그런 연유로 생명공학과에 진학했지만, 연구가 적성이 아님을 알고 영업을 선택하게 되었습니다. 저도 옆에 있는 두 지원자분처럼 졸업을 하고 바로 제네스에 지원을 했지만, 서류를 통과할 수가 없었습니다. 차선으로 선택한 직장에서 3년을 일했고, 지금 다시 도전하게 된 것입니다. 개인적인 일이지만 제가 바로 제네스에 지원한 이유입니다."

면접을 마치고 나올 때, 유빈을 쳐다보는 세 면접관의 오라는 매우 밝은 흰색이었다. 하지만 유빈의 마음은 담담했다. 모든 것은 이제 시작일 뿐이었다.

유빈은 이번 면접에서 그가 계획했던 것처럼 세 명의 든든한 내부 후원자를 얻었다.

심리학적으로 처음에 비호감이었던 사람이 호감으로 바뀌면 그 임팩트가 매우 크다.

비호감이 호감으로 바뀌기 위해서는 큰 노력이 필요하다. 힘든 일이지만 일단 성공하면 처음부터 호감이었던 사람보다 더 큰 호감을 유지하게 된다.

유빈이 면접의 시나리오를 쓰면서 노렸던 수였다.

처음에 자기소개를 약점까지 솔직하게 말함으로써 면접관의 아미그달라를 자극한다. 아미그달라에 불쾌라는 스위치가 살짝 켜지면 원인을 제거해서 호감이 가게 만드는 계획이었다.

오라를 보는 능력이 더해져서 더욱 확실히 결과를 알 수 있었지만, 보지 못해도 상관없었다.

미세한 표정 변화나 눈맞춤으로도 어느 정도 결과를 알 수 있었다. 게다가 처음부터 유빈의 목표는 면접의 합격 따위가 아니었다.

유빈은 면접에서 떨어질 것이라는 생각은 추호도 하지 않았다. 그의 목표는 회사 내에서 그를 적극적으로 도와줄 수 있는 후원자를 만드는 것이었다.

이전 회사에서 유빈이 잘못한 것이 바로 후원자를 만들지 못한 것이었다.

하지만 이제는 달랐다. 면접관으로 나올 정도면 각 부서의 장이거나 그다음 직급일 확률이 높았다.

물론 모든 것은 면접에 합격하고 나서 생각할 일이었다.

"저기, 꼭 합격하시길 바라요."

같이 면접을 봤던 39번 여성 지원자가 상기된 얼굴로 말을 걸어왔다. 정면으로 보니 생각보다 더 미인이었다.

"아, 고맙습니다. 같이 합격하면 좋겠네요."

"저…… 면접 때 자기소개는 했지만, 황연희라고 해요. 저도 꼭 같이 합격했으면 좋겠어요."

유빈은 그제야 환한 미소를 지었다.

"네, 감사합니다."

유빈은 제네스 인사부에서 받은 두 번째 전화를 기분 좋게 끊었다. 면접 바로 다음 날이었다.

합격을 확신하기는 했지만, 실제로 면접 합격 전화를 받으니 심장이 기분 좋게 뛰었다.

유빈이 전화기 폴더를 닫자마자 다시 전화벨 소리가 울렸다.

"여보세요?"

－오빠! 어떻게 됐어요? 합격이죠?

"목소리 들으니까 너도 합격했구나. 축하해. 연희야."

－꺅! 역시! 오빠는 당연히 붙을 거라고 생각했어요. 축하해요!

면접시험이 끝나고 연락처를 주고받은 황연희였다. 제네스라는 공통된 관심사로 몇 번 통화하다 보니 어느새 오빠 동생 하는 사이가 되어버렸다.

면접 때, 유빈의 이야기에 감동하였는지 황연희는 유빈의 나이를 묻고는 바로 오빠라고 부르기 시작했다.

황연희는 첫인상과는 다르게 매우 밝고 재밌어서 이야기하다 보면 신기하게 마음이 편해졌다.

"아직 최종 합격은 아니잖아."

－오빠, 저 떨려 죽겠어요!

"컴다운, 컴다운. 너 때문에 나까지 떨린다."

－오빠, 아직 제네스에서 메일 안 왔죠? 저 5초 간격으로 새로고침 누르고 있어요.

"전화도 조금 전에야 받았어. 그런데 3차 시험이 면접이 아니라며?"

－에? 오빠 몰랐어요? 3차 시험은 그 유명한 제네스 고시 잖아요.

"제네스 고시?"

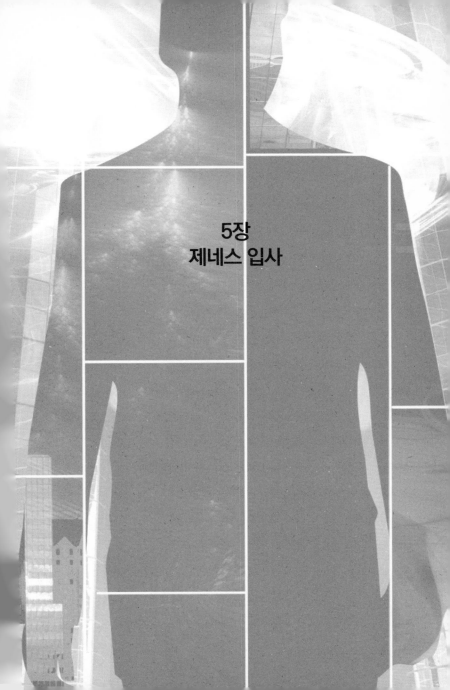

5장
제네스 입사

－하아, 여기까지 합격한 사람 중에 오빠 같은 지원자는 없을 거예요.

"뜸 들이지 말고 이야기해 봐."

－히힛, 오빠도 떨리나 봐요? 알았어요. 제네스 입사 시험의 마지막 단계는 바로 암기 시험이에요.

"암기? 갑자기 웬 암기?"

－제네스가 처음 한국에 들어왔을 때부터 시험 방법이 바뀌지 않아서 지원자들은 제네스 고시라고 하는데요. 잘 들어 보세요. 제네스에서 나온 약품만 해도 백 가지가 넘잖아요.

"그렇겠지."

－그중에서 열 개 제품의 약품 설명서를 랜덤으로 면접 합

격자에게 메일로 보내 줘요.

"약품 설명서라면 약 상자 안에 같이 들어 있는 깨알 같은 글씨로 쓰여 있는 그 설명서?"

─바로 그거예요. 약품 설명서 열 개를 파일로 보내 주는데 그중에서 세 개를 써야 하는 시험이에요. 여기서 중요한 건! 기억나는 대로 대충 쓰면 안 되고 똑같이 복사하는 수준으로 써야 해요. 마침표, 콤마 같은 문장 부호만 틀려도 감점이래요.

"그러니까 정리하자면 약품 열 개를 랜덤으로 보내 주고, 그중 또 랜덤으로 세 개의 약이 시험 문제로 나온다는 말이지?"

─맞아요. 죄송해요. 제가 제대로 설명을 못 했죠?

"아니야. 잘 이해됐어. 어쨌든 열 개를 다 외워야 한다는 소리네."

─장난 아니죠? 시간도 삼사 일밖에 안 준대요. 이번 공채에 몇 명이나 뽑는지는 모르겠지만, 면접 점수와 암기 시험 점수를 합쳐서 점수가 높은 순서로 살아남는 거예요.

"그런데 연희 너는 어떻게 시험에 대해 그렇게 잘 알아?"

─아, 그거요? 다 선배한테 들은 내용이에요. 전 가입하지는 않았지만, 심지어 제네스 고시 스터디도 있다니까요.

"허……."

스터디까지 있다니. 제네스가 대단한 회사이긴 한 모양이었다.

　―그러니까 제가 이렇게 새로고침을 계속 누르는 거라고요. 일 초라도 빨리 봐야지 한 글자라도 더 외우잖아요.

　"연희야. 전에도 이야기했지만, 넌 성격이 네 얼굴의 반만 차분해져도 성공할 거야."

　―헤헤, 저도 알아요. 그래도 잘 안 되는 걸 어떡해요.

　"알았다. 알았어. 아무튼, 조금 더 기다려 보자."

　'암기 시험이라. 차라리 잘됐는걸.'

　황연희와 달리 유빈은 별로 걱정되지 않았다. 호흡 수련으로 그의 암기력은 보통 사람을 훨씬 상회했다.

　"그나저나 커트라인이 몇 점일지 모르겠네."

　오히려 지나치게 완벽하게 썼다가 의심받을 것을 걱정하는 유빈이었다.

　두 시간 정도 지난 후 황연희에게서 다시 전화가 왔다. 호들갑 떠는 그녀를 진정시키며 유빈도 메일을 확인했다.

　10개의 pdf 파일이 제네스에서 보낸 메일에 첨부되어 있었다. 유빈은 그중 첫 번째 파일을 클릭했다.

　"리바스……."

　처음 들어 보는 약품이었다.

　파일이 열리자 분량과 상성으로 시작되는 깨알 같은 글씨가 효능 효과와 용법 용량으로 이어졌다.

다른 파일도 열어 보니 조금씩 차이는 있었지만, A4 용지 두 장 정도가 평균 분량이었다.

주어진 시간은 사흘. 그동안 A4 용지 스무 장을 문장 부호까지 외워야 했다.

유빈은 파일 몇 개를 더 보다가 컴퓨터를 껐다. 공부는 내일부터 할 생각이었다. 지금은 맑은 공기를 쐬며 수련을 하고 싶었다.

황연희가 알았다면 난리를 피웠겠지만, 다행히 그녀가 알 리는 없었다.

"과장님, 신입사원 공채 때마다 이래야 하는 거예요? 부장님한테 한마디 좀 해 주세요."

"어쩌냐. 이게 인사부의 애환인걸. 시험지 한 글자, 한 글자를 비교해 보려면 업무 시간만으로는 턱없이 부족한 거 잘 아는 사람이 그래. 그리고 부장님이라고 뭐 힘이 있겠냐?"

"그래도 날씨 좋은 주말에 이게 뭐예요……."

"왜? 데이트라도 있었어? 남친 없잖아?"

"꼭 남자랑 놀 필요는 없잖아요. 하아, 정말 눈이 빠져 버릴 것 같네요."

"나도 집에 가서 자려고 누우면 한글이 천장에 둥둥 떠다니더라고. 아무튼, 힘내자고! 이제 얼마 안 남았잖아. 부장님도 점심 드시고 오신다고 했어."

"저도 알아요. 그냥 해 본 소리예요. 그나저나 이번에는 몇 점이 최고 점수일까요? 지금까지 봐서는 재작년보다는 못할 것 같은데."

"아무래도 그때 점수는 따라갈 수 없겠지. 최석원이가 최고 점수를 경신했으니까.

"83점이었죠?"

"83점이라니 정말 대단한 점수야. 영업본부장님이 20년 전에 세우신 79점보다 4점이 높잖아."

"30년이나 된 시험이다 보니 회사에서 이슈가 되는 건 어쩔 수 없나 봐요."

"그게 별 상관이 없어 보이지만, 신기하게도 시험 점수를 잘 받은 사람이 영업도 잘하더라고. 최석원도 올해 베스트 MR이잖아."

"그 사람은 부사장님 아들이잖아요. 어렸을 때부터 얼마나 잘 배웠겠어요."

"그것도 한몫하겠지만, 꼭 그렇지만도 않은 거 알잖아."

"……."

신 나게 대화하던 송 주임이 갑자기 말을 멈췄다. 귀신에라도 홀린 표정이었다.

"송 주임?"

"……어, 잘못 채점했나? 그래, 잘못 채점했을 거야."

"왜 그래?"

"아니에요. 과장님하고 이야기하느라고 잘못 채점했나 봐요."

"왜?"

"아니요. 점수가 97점이 나와서……."

"뭐? 잘 좀 해. 하루 이틀 장사하는 것도 아닌데."

송 주임이 다시 한 번 시험지를 채점했다.

"아닌데…… 제대로 했는데……."

"이리 줘 봐. 어디 보자. 리바스, 에비에스티, 알락토. 요 세 개네. 음…… 이게…… 말도 안 돼."

"맞죠? 제가 제대로 한 거죠?"

"허…… 지원자 이름이 뭐야?"

"김유빈인데요."

"뭐야, 이 자식. 혹시 시험 문제 유출된 거 아니야?"

"그럴 리 없다는 거 잘 알잖아요. 다 보는 앞에서 랜덤으로 보내는데……."

"진짜 실력이라면…… 대박인데."

단순하게 생각할 문제는 아니었다. 제네스의 3차 시험 결과는 임원진의 이슈 중의 하나였다.

"이 지원자. 혹시 사진기 기억 능력이 있는 건 아닐까요?"

"서번트 증후군을 말하는 거야? 그런 거라면 면접 때 티가 났겠지."

"어쨌든 간에 최고 기록이 경신되었네요. 그것도 절대 깨질 리 없는……."

'세 개는 너무 많았나? 두 개만 틀릴 걸 그랬나?'

같은 시각, 인사부에 어떤 일이 일어났는지도 모르고 유빈은 걱정하고 있었다.

'신경 쓰지 말고 수련이나 하자. 합격은 하겠지.'

유빈은 호흡 수련에 더 집중했다. 거울을 보자 시도 때도 없이 보이던 오라가 서서히 사라졌다가 유빈이 집중하자 다시 나타났다. 드디어 오라를 통제할 수 있게 된 것이다.

"휴, 이제 됐구나."

제네스 본사 6층 대회의실.

방 안에 있는 사람이 대략 50명 정도는 되어 보였다.

자신도 예외는 아니었지만, 하나같이 검은색, 남색 계열의 정장을 입은 모습이 MIB 요원들 같아 속으로 웃음이 났다.

서로를 슬쩍슬쩍 확인하는 모습에서 앞으로 만나게 될 인연에 대한 기대와 새로운 일에 대한 긴장, 그리고 한편으로는 자신감도 엿보였다.

높은 경쟁률을 뚫고 남들이 부러워하는 회사에 당당히 합격했으니 그럴 만도 했다.

영업 직군답게 붙임성이 남다른 몇몇은 벌써 옆에 앉아 있는 사람과 대화의 꽃을 피우고 있었다.

들뜨고 어수선한 분위기 속에서 머리카락이 살짝 빈약한 중년의 남자가 빠른 걸음으로 단상 위에 올랐다.

거짓말처럼 방 안이 조용해졌다.

"안녕하세요?"

"……."

"안녕하세요?"

아무런 반응이 없자 남자가 재차 큰 소리로 물었다.

"안녕하십니까!"

군대도 아닌데 '까' 체로 우렁찬 답변이 돌아왔다.

대답 소리에 만족한 남자가 고개를 끄덕였다.

"면접 때 만난 사람도 있겠지만, 저는 인사부의 책임자 강찬호 이사입니다. 높은 경쟁률을 뚫고 제네스코리아에 입사한 여러분께 진심으로 축하의 인사를 드립니다."

커다란 박수 소리가 방 안을 울렸다. 지원자의 입가에 자랑스러운 미소가 번졌다.

"하지만. 축하는 여기까지입니다. 경쟁은 아직 끝나지 않았습니다. 이 방에 있는 어떤 지원자도 아직 백 퍼센트 합격이 아닙니다."

박수가 튀어나온 속도만큼 정적이 빠르게 그 자리를 대신했다. 강찬호 이사의 한마디 한마디에 지원자 사이에 긴장감이 맴돌았다.

"3차 시험까지 합격한 지원자는 총 48명입니다. 올해 공채 시험에서 뽑으려고 예정했던 인원은 45명. 즉, 3명은 보결로 합격이 되었습니다."

"……."

"그리고 그 세 명은 자신이 보결로 뽑힌 사실을 알고 있습니다. 인사부에서 미리 이야기해 줬습니다."

침 넘어가는 소리가 들릴 정도로 강찬호 이사의 목소리 말고는 들리는 소리가 없었다. 목이 타는 지원자를 대신해 그가 물을 한 모금 마셨다.

"기회를 다시 얻은 그 세 명이 합격하기 위해 얼마나 열심히 할지는 여러분도 상상될 것이라고 생각합니다. 신입사원 교육이 끝나면 지금 보결로 합격한 분이 계속 보결일 거라고 장담할 수 없겠죠? 이 방에 있는 사람 중 누가 됐든 세 명은 최하위 점수를 받을 것이고, 안타깝게도 최종 불합격 처리될 것입니다."

강찬호는 이야기하면서 지원들을 찬찬히 둘러봤다. 대부분 그의 눈빛을 정면으로 받지 못했다. 단, 한 명을 제외하고.

'음…… 김유빈. 면접 때 오랜만에 물건이 들어왔다고 생각했지만, 97점을 받다니…….'

유빈은 강찬호의 강렬한 눈빛에 미소로 답했다.

'아무리 경력이 있다지만, 멘탈이 보통이 아니야. 박용신 이사님이 눈여겨볼 만해.'

강찬호 이사가 마무리를 하고 단상에서 내려가자 젊은 남자가 이어서 올라왔다.

"안녕하세요. 인사부 정찬호 과장입니다. 공지한 대로 앞으로 3주간 신입사원 교육이 진행됩니다. 우선 임의로 24명씩 반을 나누겠습니다. 그 전에 지금 호명한 두 분은 앞으로 나와 주세요. 김유빈 씨, 안소영 씨."

갑자기 이름이 불리자 유빈은 놀랐지만 태연하게 자리에서 일어났다.

그에 반해 안소영 지원자는 마치 불릴 걸 알고 있었던 것처럼 당당하게 앞으로 걸어 나갔다.

"이 두 사람이 면접시험과 암기 시험을 합쳐 1, 2등을 차지했습니다. 두 사람의 각 반의 반장을 맡게 됩니다."

"오……."

정찬호 과장의 말에 수십 개의 눈동자가 두 사람을 향했다. 호의 섞인 시선도 많았지만, 그중에는 '쟤네 둘은 떨어질 일 없겠네' 하는 시기심 어린 눈빛도 있었다.

하지만 그들도 어렴풋이 알았을 것이다.

회사에 취직하면 만사형통일 거라는 자신들의 생각이 잘못된 것이라는 것을.

입사 시험부터 이미 줄 세우기는 시작되었다는 것을

이제 진짜로 무한경쟁의 사회에 나왔다는 사실을.

유빈은 어떤 종류이든 담담하게 시선을 받았다.

전생의 영향인지 많은 사람의 시선을 받는 것이 어색하지 않았다. 앞자리에 있는 황연희가 엄지손가락을 들어 보였다.

"두 사람은 신입사원 교육 동안 나머지 23명에게 공지 사항을 전달하고, 문제가 있으면 인스트럭터에게 바로 전달해 주시기 바랍니다. 자, 두 반장이 잘할 수 있도록 박수 한번 부탁합니다."

박수를 받은 유빈과 안소영은 서로 쳐다보고는 자리로 들어갔다. 유빈이 호의의 미소를 보냈지만, 안소영은 전혀 반응이 없었다. 자신의 이름이 뒤쪽에 불린 게 신경 쓰이는 모양이었다.

"오빠! 짱! 오빠가 1등이에요?"

황연희가 작은 목소리로 자기 일처럼 좋아했다

"글쎄, 나도 잘 모르겠어."

잘 볼 줄은 알았지만 1등이라니 의외였다. 하긴 수련으로 생긴 능력이 아니었다면, 유빈에게도 어려운 시험임은 틀림없었다.

어수선함이 정리되자 공지사항이 다시 이어졌다.

"오늘의 첫 일정은 현장 OJT입니다."

"오빠 OJT가 뭐예요?"

황연희가 물었다.

"On the Job Training의 약어인데, 현장에 직접 실무자와 같이 가서 교육받는 걸 거야."

"여러분의 선배와 일대일로 영업 현장에 방문해서 실제로 제약영업이 어떤 것인지 경험하는 기회가 될 것입니다. 그럼, 들어오세요."

말이 끝나자 옆 방에서 사람이 우르르 몰려나왔다. 단상 앞에 일렬로 선 그들은 선남선녀가 아닌 사람이 없었다.

그들은 앞에 이름이 쓰여 있는 종이 한 장을 들고 있었다. 담당할 지원자의 이름이었다.

새끼 새가 어미 새를 찾아가는 것처럼, 지원자들은 오늘 자신을 책임져 줄 사람을 향해 이리저리 움직였다.

남자 지원자라면 아름다운 여자 선배가 어미 새이기를 바랐지만, 희망 사항이 쉽게 이뤄지지는 않았다.

유빈도 일어서서 자신의 이름을 찾았다.

"김유빈 씨?"

이름을 찾기도 전에 한 여성이 그를 불러 세웠다.

"네, 제가 김유빈입니다."

여성은 이름표를 들고 있지 않았지만, 그게 중요한 사실이 아니었다.

유빈이 평생 실제로 본 사람 중에 가장 예쁜 여자가 눈앞에 서 있었다. TV 드라마 주연 여배우가 화면에서 튀어나와 대사하는 것 같은 그런 느낌이랄까.

유빈이 오라를 보지 않았는데도 그녀 주변에서 빛이 나는 것 같았다.

"안녕하세요. 주서윤이에요. 오늘 하루 같이 다니게 되었네요."

목소리마저 부드럽다. 불공평한 세상이여.

"아, 선배님. 안녕하세요. 잘 부탁드립니다."

아름다움에 대한 순수한 감탄에도 불구하고 유빈은 침착했다.

호심법의 수련이 감정의 흔들림을 잡아줬다. 전생의 경험도 경고음을 연신 보내고 있었다. 예쁜 여자일수록 가시를 품고 있을 가능성이 크다는 경고음을.

"지금 나가면 많이 기다려야 할 것 같은데, 우리는 조금 천천히 나갈까요?"

"네, 그렇게 하시죠."

"김유빈 씨는 경력자라서 현장은 익숙하잖아요?"

"그렇지도 않습니다. 새롭게 배울 것은 항상 있는 법이죠."

"김유빈 씨가 이번 신입사원 반장이죠."

"네, 어쩌다 보니 그렇게 되었습니다."

"그래서 저하고 한 조가 된 거예요."

"네?"

"저도 전 기수에서 반장이었거든요. 제네스 전통 중 하나예요. 반장이 다음 반장을 OJT해 주는 거요."

"아, 그랬군요. 저는 제 운이 이제야 트이는구나 하고 생각하고 있었습니다."

"네? 호호!"

주서윤이 입을 가리며 웃자 반장으로 호명당했을 때보다 강력한 남자들의 질투 어린 시선이 느껴졌다.

남자들이라는 족속은 그저 예쁜 여자라면 사족을 못 쓴다. 타고 태어난 가장 큰 본능이 종족의 번식이니 어쩔 수 없는 일이지만, 그만큼 매력적인 여자를 얻기 위해서는 경쟁을 안 할 수가 없었다.

살기마저 느껴질 정도였지만, 단단해진 유빈의 정신력은 그러려니 여유롭게 받아들였다.

그중에서도 안소영과 함께 서 있던 남자는 뚫어지게 유빈을 보고 있었다.

생각보다 적대적이 기운이 강력하게 느껴지자 유빈은 상대를 똑바로 마주 봤다. 훤칠하게 생긴 미남이었지만, 유빈은 왠지 기분 나쁜 느낌이 들었다.

둘은 한동안 눈싸움을 하듯 서로를 쳐다봤다.

최석원은 유빈을 똑바로 바라봤다. 자신의 제네스 고시 기록을 깬 신입사원을 직접 확인하고 싶었다.

OJT 상대인 안소영이 옆에 있었지만, 그의 모든 신경은 유빈에게 가 있었다.

최석원은 유빈의 제네스 고시 점수를 전하던 아버지의 싸늘한 눈빛이 머릿속에서 떠나지 않았다. 뭐라고 말씀은 안 하셨지만, 전해지는 마음은 분명했다.

영업에서만큼은 놈이 따라오지 못할 실적을 내라는 눈빛이었다.

유빈이 그의 시선을 눈치채고 쳐다봤지만, 최석원은 눈을 돌리지 않았다. 오히려 선배를 똑바로 쳐다보는 유빈이 건방져 보였다.

"김유빈 씨."

"아, 네."

주서윤이 부르자 유빈이 눈을 돌렸다. 상대방도 유빈이 눈을 돌리자 그제야 마찬가지로 행동했다.

주서윤도 대화를 나누며 유빈이 어떤 사람인지 파악하려 했다.

면접 때부터 임원진의 입에 오르내린 남자.

30년 제네스코리아 역사 동안 처음으로 암기 시험 90점을 넘긴 남자.

두 가지 사실만으로 주서윤은 유빈에게 관심이 갈 수밖에 없었다. 동시에 선입견도 품었다.

능력 있는 사람이라면 보통 가지고 있는, 좋게 말하면 자존감 나쁘게 말하면 재수 없음을 탑재하고 있을 가능성이 컸다.

하지만 실제로 유빈과 대화하자 그녀의 선입견이 잘못되었음을 알 수 있었다. 그녀는 유빈에게서 의외로 편안함을 느꼈다.

아마도 유빈이 풍기는 분위기 때문인 것 같았다. 그는 조급해 보이지도 긴장되어 있지도 않았다.

"선배님, 이제 슬슬 나갈까요?"

"아, 그럴까요? 다들 나갔네요."

지하 주차장에서 나온 주서윤의 하얀색 아반떼가 도로로 들어섰다.

"알고 있겠지만, 월요일은 선생님들 뵙기가 힘들어요."

진료 시간이 짧은 토요일과 보통 휴일인 일요일이 껴 있다 보니 월요일은 늘 환자가 넘치는 날이다.

진료 사이사이에 의사를 보기도 힘들뿐더러, 들어가더라도 의사의 상태가 안 좋을 확률이 높았다.

"네, 그렇군요."

"네 시까지는 회사로 돌아와야 하죠?"

"네, 맞습니다."

주서윤이 대화를 주도했지만, 유빈의 그저 예의 바르게 답할 뿐이었다.

유빈의 딱딱하고 짧은 대꾸에 침묵이 길어졌다.

유빈은 상관하지 않고 영동대교에서 보이는 한강을 물끄러미 쳐다봤다.

사실 그에게 OJT는 무의미한 것이었다. 신입사원에게는 떨리는 경험이 될 수 있지만, 이미 3년의 영업 경험을 가진 유빈에게는 시간 낭비였다.

겉으로 보이는 태도와는 달리 유빈도 남자라 주서윤에게 호감이 가는 것은 사실이었다. 엄청난 미인인 주서윤과 친해지고 싶은 마음이 없다면 거짓말이었다. 하지만 그에게는 더 중요한 목표가 있었다.

바로 제네스라는 거대 기업의 CEO였다.

아직 영업도 제대로 시작하지 않은 유빈으로서는 연애에 에너지를 쏟을 여유가 없었다. 주서윤 같은 미인의 마음을 얻기 위해서는 그만큼의 노력이 필요한 것이 진리였다.

속으로 이런 생각을 하고 있으니 유빈의 입에서 나오는 말이 딱딱할 수밖에 없었다.

'뭐야, 이 사람.'

주서윤은 첫인상과는 달리 유빈이 예의 바르지만, 어딘가 선을 긋고 있음을 알아채고 있었다.

평소에 자신이 다른 남자한테 하는 일을 반대로 당하니 기분이 묘했다.

'너무 티가 났나.'

침묵이 길어지자 유빈은 슬쩍 주서윤의 오라를 살폈다.

어둡고 푸른 오라가 넘실거렸다.

'이런, 기분이 나빴구나. 호감을 살 필요는 없지만, 비호감일 필요는 없지.'

유빈은 슬쩍 차 안을 둘러보며 이야깃거리를 찾았다.

최근에 '스눕'이라는 책도 나왔지만, 그전부터 영업사원은 고객의 소지품이나, 작은 물건 등 주변 환경으로부터 고객을 파악해 왔다.

유빈은 곧바로 스눕핑에 들어갔다.

"선배님, 차는 회사에서 주는 겁니까?"

"네, 맞아요. 그게 궁금해요?"

"아까 보니까 '허' 번호판이던데 실내를 예쁘게 꾸며 놓으셔서요. 보통 영업사원 차 안은 엉망이잖아요."

"보통은 그렇죠."

"가족사진이 아주 보기 좋네요. 어머니가 정말 미인이신 것 같습니다. 선배님이 어머님을 많이 닮으셨네요."

"그런가요? 저는 아빠 닮았다는 말을 더 많이 듣는데……."

'아빠? 아직 애구먼.'

속으로 웃으며 유빈이 주서윤의 오라를 살폈다.

가족사진을 차에 둘 정도면 정말 화목한 가족일 거라는 생각이 들었다.

오라의 색이 조금 화사해졌다.

"외동딸인가 보네요. 부모님이 선배님을 많이 아끼시겠어요."

"네, 그럼요. 유빈 씨는 가족이?"

질문한다는 건 어느 정도 풀렸다는 이야기다. 오라 또한 같은 이야기를 보여 줬다.

"저는 어머니만 계십니다."

"아, 그랬군요."

잠시 침묵이 이어졌다.

"그런데 저는 차를 곧 반납해야 해요."

다행히 주서윤이 이야기를 이어 갔다.

"네? 왜⋯⋯."

"전 이번에 마케팅팀으로 옮겨 가거든요. 차는 영업팀에만 제공되니까 반납해야 해요."

"마케팅으로 가시는군요. 축하합니다."

"뭘요. 솔직히 고민을 많이 했어요. 영업을 2년밖에 안 했는데, 마케팅으로 가는 게 맞는 선택인지 모르겠어요."

"글쎄요. 영업을 2년밖에 안 했는데 마케팅에서 뽑아 가는 거잖아요. 그게 더 대단한 것 같은데요."

유빈의 칭찬으로 분위기가 더 부드러워졌다.

"고마워요. 하지만 사실은 최석원 씨라고 제 동기 중에 내정된 사람이 있었는데 그분이 고사해서 제가 된 거예요."

"그랬군요. 그래도 마케팅에서 선배님을 원하지 않았다면 차선이라고 해도 못 갔을 겁니다."

"……고마워요."

주서윤이 운전을 하면서 슬쩍 유빈을 쳐다봤다.

지금까지 만난 남자들하고는 어딘가 다른 사람 같았다.

강변북로를 빠져나와 동부간선도로를 타고 북쪽으로 한참 올라가던 아반떼가 하계역으로 빠져나가려 했다.

'어, 이 길은……'

이야기하는 동안 너무나 익숙한 길로 차가 들어섰다.

"선배님, 혹시 담당 지역에 노원구도 있으세요?"

"네, 맞아요. 아, 유빈 씨도 전 회사에서 이쪽 담당했나봐요?"

"네, 2년간 노원구를 맡았었습니다."

"잘됐네요. 아는 의사 쌤도 만날 수 있겠네요."

"지금 가는 곳이……."

"우선 한강대병원에 갈 생각이에요. 산부인과 심 교수님을 오늘 뵙기로 했거든요."

"……."

한강대병원이라니. 유빈에게는 모든 일의 시작으로도 볼 수 있는 장소였다.

우연이라고 하기에는 운명을 관장하는 분들의 장난이 심하게 느껴졌다.

지하주차장에서 일 층으로 올라오자 오랜만에 느껴 보는 종합병원 특유의 냄새가 유빈의 코를 자극했다.

항상 환자가 많은 곳이 종합병원이지만, 오늘은 특히 더했다.

월요일이고 외출하기 좋은 날씨 덕분인지 외래는 비어 있는 의자가 없을 정도로 환자가 바글바글했다.

2년 만에 오는 곳이지만, 변한 것은 별로 없어 보였다.

변한 것은 유빈 자신이었다.

위압감을 주던 종합병원도 만나면 무슨 이야기를 해야 하지 하며 떨게 하던 교수도 이제 두렵지가 않았다.

비록 OJT를 왔지만, 오늘은 어떤 것을 성취할까 하는 기분 좋은 떨림만이 가득했다.

이전의 영업 현장이 다른 사람의 무대였다면 지금부터 주연은 바로 유빈이었다.

'한강대병원, 예전 내 모습은 잊어라. 이제부터가 진짜 시작이다.'

"커피 한 잔 사 가지고 갈까요?"

유빈이 주서윤을 향해 힘차게 고개를 끄덕였다. 마음은 이미 뜨거워졌지만, 유빈은 신입사원의 역할을 충실히 수행하며 주서윤의 뒤를 따랐다.

"어? 저기 제네스 여신 아니야?"

"어디? 어디? 어, 맞네."

"제네스 여신이요?"

양복을 멀끔하게 차려입은 네 남자가 커피숍에 앉아서 주서윤을 쳐다봤다.

"아, 승덕 씨는 올해부터 한강대 담당이라 모르겠구나. 저기 데스크 옆에 서 있는 여자 봐봐."

"저 사람이요? 와! 엄청나게 예쁘네."

"장난 아니죠? 제네스코리아 직원인데 한강대 담당하는 MR끼리는 제네스 여신이라고 불러요."

"와……."

"입 좀 다물어요. 침 나오겠네. 진수 씨, 팬클럽 한 명 추가되겠는데. 하하."

"작년에 한솔 씨가 연락처 받으려다 실패했잖아."

"아, 쪽팔리게 그 얘기는 그만해요. 그러는 진수 씨는 말이라도 한 번 걸어 봤어요? 뒤에서만 감탄하기 바쁘면서."

"여신은 사람의 손이 범접하지 못하기 때문에 여신인 거 몰라요? 그리고 저는 아직 시도를 안 했기 때문에 가능성이 열려 있지만, 한솔 씨는 꽝이잖아요."

"참 내, 저런 미인은 원래 한 번에 오케이 하지 않는다고요. 여러 번 시도해야……."

"어이쿠, 이쪽으로 오는 것 같은데."

"그런데 옆에 서 있는 남자하고 일행인가?"

"아, 그런가 보네요. 설마…… 인수인계? 아닐 거야."

"한강대병원에서 진수 씨의 유일한 낙이 사라지는 거 아니에요?"

최한솔은 농담으로 맞받아쳤지만 속은 쓰렸다.

정면으로 보고 있지는 않아도 주서윤이 조금씩 가까워지자 가슴이 쿵쾅거렸다.

최한솔은 일이 없어도 일주일에 두세 번은 오는 한강대병원이었지만, 작년부터는 거의 매일 출근을 하고 있었다.

주서윤 때문이었다.

작년에 처음 주서윤을 보고 다른 MR에게 제네스 직원이라는 것을 들은 후 짝사랑에 빠진 최한솔이었다.

"형네 아버지가 대형 도매상 사장님이고 형도 잘 나가는 영업사원인데 꿀릴 게 뭐가 있어요? 한번 대시해 봐요!"

"그, 그렇지. 그래 볼까?"

주변의 부추김에 최한솔은 용기를 내어 고백(?)했다.

"저기, 안녕하세요. 제가 그쪽이 마음에 들어서 그러는데 연락처 좀 알 수 없을까요?"

"미안합니다. 일하는 장소라 개인적으로 연락처 드리기가 힘드네요. 말씀은 감사합니다."

냉기가 풀풀 풍기는 거절이었지만, 최한솔의 뇌리에 남은 말은 '말씀은 감사합니다'뿐이었다.

그 이후로도 수시로 재도전의 기회를 엿봤지만, 실행에는 옮기지 못했다.

내심 그때 일을 떠올리며 얼굴을 붉힌 최한솔의 시선이 주서윤의 뒤까지 이어졌다. 어딘가 모르게 자신이 아는 누군가를 닮은 사람이 보였다.

"김유빈?"

앉아 있던 남자 중 한 명이 갑자기 자리에서 벌떡 일어났다.

"응?"

뒤를 돌아본 유빈의 얼굴이 살짝 굳어졌다. 오늘은 무슨 살풀이라도 해야 하는 날인 모양이었다.

그다지 반갑지 않은 백서제약 동기가 눈앞에 서 있었다.

얍실하게 생긴 낯짝을 보니 마음속의 뭔가가 꿈틀거렸다. 지점장에게 당한 수모, 회사에서 왕따, 지은이와의 결별이 차례로 머릿속을 지나갔다.

'그게 다 이 녀석 때문이지. 쓰레기 같은 놈.'

유빈은 파파보이를 떠나 최한솔이 얼마나 대충 일하는지 알고 있었다. 최한솔에게 인수인계 받은 지역은 정말 엉망으로 관리되어 있었다.

그럼에도 성과가 나온 이유는 몇몇 병원에 대가를 제공하며 얻은 결과였다.

"최한솔, 오랜만이네."

속마음과는 다르게 유빈은 아무렇지도 않은 표정으로 그를 마주했다.

반면 최한솔은 귀신을 본 사람처럼 놀란 표정을 감추지 못했다. 분명 김유빈이 맞았지만, 겉모습도 분위기도 너무 달라져 있었다.

회사 동기지만 최한솔은 김유빈과 한 번도 동등한 입장이라는 생각을 해 본 적이 없었다.

나는 금수저, 김유빈은 흙수저.

도저히 같은 밥상에 올려놓을 수 없는 차이였다.

그런데 그 흙수저가 짝사랑하는 주서윤과 함께 다정하게 이야기를 나누고 있는 게 아닌가.

속이 뒤집혔다.

"끈 떨어진 놈이 여기는 웬일이냐? 푹 쉬다 보니 얼굴색은 좋아졌네. 너는 쉬는 게 체질인가 보다. 하하. 그러고 보니 얼굴이 창백한데, 어디 아파? 내가 여기 교수님한테 말 좀 해 줄까? 설마 나한테 한강대병원 넘겨준 걸 잊은 건 아니겠지?"

"김유빈 씨, 아는 사람이에요?"

유빈이 대답하기 전에 주서윤이 끼어들었다.

최한솔과 같이 앉아 있던 다른 회사의 MR들은 마치 드라마를 보는 것처럼 세 사람에게서 시선을 떼지 못했다.

"전에 다니던 회사 입사 동기입니다."

유빈의 건조한 대답에 주서윤은 두 사람 사이가 별로 좋지 않다는 것을 바로 알아챘다.

"그렇군요. 처음 뵙겠습니다. 제네스코리아 주서윤입니다."

"아, 네, 네. 백서제약 최한솔입니다. 근데 제가 전에 한번……."

"우리 유빈 씨하고 입사 동기시군요. 유빈 씨가 이번에 제네스에 입사했는데 너무 뛰어난 인재라 다들 전 회사에서 어떻게 트레이닝을 받았을까 궁금해하거든요. 동기니까 잘 아시겠어요."

주서윤은 말은 친절했지만, 얼굴을 웃고 있지 않았다. 유빈을 향한 최한솔의 빈정거림을 들었기 때문이었다.

'우리 유빈 씨?'

급 친한 척을 하는 주서윤을 유빈은 모른 척 가만히 놔뒀다.

"제네스에 입사했다고요?"

주서윤이 자신을 기억 못 한다는 것도 치욕이면서 충격이었지만, 유빈이 제네스에 입사했다는 사실도 최한솔에게는 만만치 않은 충격이었다.

"아, 모르셨구나. 그것도 그냥 입사가 아니라 수석으로 입사했어요."

"……."

이미 '우리 유빈 씨'에서부터 최한솔의 볼때기는 경련을 일으키고 있었다.

"어머, 시간이 벌써 이렇게 됐네. 교수님을 만나기로 해서가 봐야겠네요. 다음에 또 인사드릴게요. 가요, 유빈 씨."

정신적 그로기 상태가 된 최한솔을 놔두고 주서윤이 유빈의 팔짱을 끼고 잡아끌었다. 유빈은 하는 수 없이 그대로 끌려갔다.

부러움이 담긴 진수의 깊은 한숨이 들렸지만, 아무도 신경쓰는 사람은 없었다.

커피숍에서 어느 정도 멀어지자 유빈이 발을 멈췄다.

"선배님, 이제 연기는 그만하셔도 될 것 같습니다."

"어머, 연기인 거 티 났어요?"

주서윤이 능청스럽게 대답했다.

"그렇게 대놓고 친한 척을 하고 몸 둘 바를 모를 정도로 칭찬해 주는데 당연히 나지요."

"호호, 김유빈 씨는 알겠지만, 저 사람은 모르잖아요."

"그런데 갑자기 왜 그러신 거예요?"

"어, 선배로서 우리 회사 신입사원을 챙긴 거라고 할까요? 유빈 씨한테 막말하는데 제가 다 화가 나더라고요."

"아, 들으셨군요."

"그리고 김유빈 씨가 백서제약에서 안 좋게 나온 거 이미 들어서 알고 있었거든요. 오해는 하지 마세요. 어쩌다 들은 거니까. 조금 전 그분과도 사이가 안 좋아 보여서 제가 대신 작은 복수해 드린 거예요. 그리고 제가 한 말에 거짓은 없잖아요."

유빈은 주서윤의 눈을 쳐다봤다. 예쁘면서도 어딘가 푼수 끼가 다분해 보이는 그녀가 귀여워 보였다.

"마음은 감사합니다만, 제가 충분히 해결할 수 있는 문제입니다. 그렇게까지 신경 안 써 주셔도 됩니다."

"제가 너무 지나쳤나요? 기분 나빴던 건 아니죠?"

"솔직히 기분은 좋았습니다. 음…… 마음 써 주셔서 고맙습니다."

유빈이 주서윤을 향해 시원한 웃음과 엄지손가락을 날렸다.

"호호, 고마우면 나중에 밥 사요."

"물론입니다."

"가요. 커피 식겠어요."

"쌤, 안녕하세요?"

산부인과 외래에 도착한 주서윤은 망설임 없이 접수 데스크로 갔다.

"서윤 씨, 왔어?"

"월요일이라 많이 바쁘시죠? 심 교수님은 진료 중이세요?"

"심 교수님? 오늘 오전 진료 바꾸셨어."

"아, 그래요? 그럼 연구실로 가 봐야겠다."

"서윤 씨, 그만둔다면서? 섭섭해서 어떡해."

"그만두는 건 아니고 부서 이동이 있어서요. 자주 연락드릴게요. 저도 섭섭해요."

"그래. 근데 옆에 누구야? 서윤 씨 다음에 오는 사람이야? 잘생겼다."

"아니에요. 신입사원인데 오늘 하루만 현장 교육하고 있어요."

"그래? 아쉽네. 호호. 또 봐요."

"네, 쌤. 다음에 봬요."

유빈은 둘의 대화를 들으면서 주서윤이 어떤 식으로 영업하는지를 알 수 있었다.

외래의 담당 간호사는 진료 중인 고객에게 MR에게 부탁받은 순서대로 말을 전하지 않는다. 자신이 기억하는 대로 또는 기억하고 싶은 대로 내용을 전달한다.

그래서 주서윤은 고객으로 가는 길목을 먼저 공략한 것이다.

저 간호사는 최소한 유빈에게는 까칠한 사람으로 기억되어 있었다. 하지만 지금 보이는 모습은 기억과는 정반대의 모습이었다.

게다가 아무리 2년이 지났다지만, 매일같이 외래에 드나들면서 간식과 기믹(판촉물)을 가져다 바쳤던 유빈을 간호사는 전혀 기억하지 못했다.

전생의 경험으로 과거의 영업력이 얼마나 형편없었는지 알고 있었지만, 실제로 결과가 확인되니 더욱 한심했다.

"왜 그래요?"

"아닙니다. 간호사 선생님과 친해 보여서 조금 놀랐습니다."

"홋, 뭘 그런 걸 가지고. 그럼 연구실로 가죠."

"네."

유빈은 연구실에서 교수를 만난 적이 한 번도 없었다. 몇 시간을 기다리다 외래가 끝나면 잠깐 얼굴을 들이미는 게 전부였다.

'반성, 또 반성. 2년 동안 내가 한 건 영업도 아니었구나.'

시간 낭비라고 생각했던 OJT를 통해 유빈은 전생의 영업 경험을 점점 체화시키고 있었다.

똑똑.

"교수님, 제네스코리아 주서윤입니다."

"들어오세요."

유빈은 2년 만에 만나는 심우창 교수였다.

주서윤이 문을 열고 들어가자 미소로 맞던 심 교수는 유빈이 그 뒤로 보이자 표정이 굳었다.

"누구신가?"

"네, 교수님. 회사 신입사원인데 오늘만 제가 현장교육을 하고 있습니다. 교수님께서 충고라도 해 주시면 좋을 것 같아서 같이 왔습니다."

주서윤의 소개에 유빈이 고개 숙여 인사를 했다.

"안녕하십니까. 김유빈이라고 합니다."

"그래요? 크흠……."

심 교수는 유빈은 슬쩍 한 번 보고는 다시 시선을 주지 않았다.

잠깐이지만 이름까지 밝혔는데도 심우창 교수 역시 유빈을 기억하지 못했다.

2년이 지났으니 어떻게 보면 당연한 일일 수도 있었다.

하지만 일하면서 가장 공들인 거래처 사람들이 아무도 기억을 못 하니 백서제약에서의 2년이 허무하게마저 느껴졌다.

예전 같았으면, 저 굳은 표정만 봐도 알아서 인사만 하고 나갔겠지만, 유빈은 그러지 않았다.

유빈은 심 교수의 오라를 세심히 살피며 포문을 열었다.

"교수님, 요즘 테니스는 잘되십니까?"

"응? 자네 나 본 적 있나?"

"2년 전에 백서제약 다닐 때, 한강대병원 담당이었습니다."

"아, 그랬나?"

유빈이 정체를 밝혔지만, 아직 오라는 변하지 않았다.

"제가 테니스 대회에도 몇 번 모셔다 드렸고, 원 핸드 백 핸드가 잘 안 맞는다고 하셔서, 투 핸드로 권해 드리기도 했습니다."

유빈은 일부러 약품 이야기는 하지 않았다. 심 교수가 테니스에 미쳐 있다는 것을 알고 있었기 때문에 그쪽에 집중했다. 일단 문을 열어야 했다. 오라를 보니 확실히 반응이 있었다.

"어, 그런 일이 있었지. 그게 자네였나?"

"네. 갑자기 지역 이동을 하는 바람에 제대로 인사도 못 드리고 가서 늘 마음에 걸렸습니다."

"허허, 이것도 인연이구먼. 투 핸드 백핸드가 나한테 잘 맞기는 하지."

심 교수가 백핸드 하는 시늉을 해보였다.

주서윤은 놀란 눈으로 두 사람의 대화를 지켜봤다.

오랫동안 봐 왔지만, 심 교수는 절대 이야기하기 쉬운 상대가 아니었다. 그럼에도 불구하고 순식간에 분위기를 바꾼 유빈이 놀라웠다.

"제가 두 분의 시간을 너무 뺏은 것 같습니다. 편하게 이야기 나누실 수 있게 나가 있을까요?"

"아니, 번거롭게 뭘 그러나. 차 한 잔 마시고 있게."

"감사합니다. 교수님."

대화가 마무리되자 주서윤이 운을 뗐다.

"교수님, 저번 방문 때 말씀드린 '피레논' 신약 등재는 어떻게 됐는지 여쭈어 봐도 될까요?"

"그게 말이야. 장 본부장이 와서 이야기도 하고, 자네도 열심히 해서 해 주려고 했는데, 쉽지가 않겠어."

긍정적인 답변을 기대했던 주서윤의 얼굴이 어두워졌다.

"어떤 부분이……."

"자네도 알다시피 이번 DC(Drug Committee, 신약심사위원회)에 산부인과에서 신약 3개를 신청했잖아. 그런데 심사 위원장이 다른 과하고 균형을 맞추느라 한 개를 잘랐어."

"그러셨군요."

"자네 회사 약품은 등재된 약품 중에 코드가 겹치는 것이 있어서 뒤로 밀렸네. 코드 때문에 이번에는 별수 없고 다음 DC에 다시 신청해 봐."

회사 차원에서는 신약 등재가 중요한 일이었지만, 교수 입장에서는 그다지 큰 문제는 아니었다.

심 교수의 태도가 그런 생각을 확연히 보여 주고 있었다.

주서윤은 속으로 울고 싶었다.

마케팅 부서로 이동하기 전에 지점장과 꼭 하겠다고 약속한 것이 한강대병원 신약 등재였다.

자신만으로는 부족할 것 같아서 여성건강사업부 장희결

본부장에게 부탁해 저녁 식사 자리도 가졌는데 결과는 참담했다.

유빈은 조용히 둘의 대화를 지켜봤다.

심 교수도 해 주기 싫어서 퇴짜를 놓는 것은 아닌 게 눈에 보였다.

하지만 동시에 적극적으로 도와주고자 하는 태도도 아니었다. 이 정도 했으면 내가 할 일은 다 했다는 표정이었다.

주서윤의 오라가 격렬하게 휘몰아치고 있었다. 혼란스러운 속마음을 그대로 볼 수 있었다.

그녀의 창백한 얼굴을 보니 도와줘야겠다는 생각이 들었다.

"제가 잠깐 한마디만 드려도 될까요?"

"응? 뭔가?"

"제가 옆에서 들었는데, 대안이 있을 것 같습니다."

주서윤이 네가 뭘 아느냐는 표정으로 말리려 했지만, 유빈은 개의치 않고 말을 이어 갔다.

"저, '피레논'이라면 OC(Oral Contraceptive, 피임약) 제품으로 여성 호르몬 치료제로 코드가 잡히는 거로 알고 있습니다."

다 아는 이야기라는 표정으로 심 교수가 유빈을 쳐다봤지만, 말을 가로막지는 않았다.

"제가 알기로 같은 코드로 등재된 약품은 백서제약의 '디안트31'입니다."

"이전 회사 제품이라 잘 알고 있군."

심 교수의 시선이 유빈에게 향했다.

"네. 교수님께서도 아시겠지만, 디안트31의 주성분은 시프로테론 아세테이트입니다. 그런데 몇 개월 전에 유럽에서 시프로테론 아세테이트의 안전성에 관한 의문이 제기되었습니다. 약을 복용한 여성에게서 간암이나 정맥혈전색전증을 발생시킬 가능성이 있다는 연구 결과가 있었습니다. 물론 이 부분은 백서제약 담당자가 설명해 드렸을 것으로 생각합니다."

"잠깐, 그런 연구가 있었다고?"

"작은 뉴스였지만, 얼마 전에 약업신문에도 실렸었습니다. 그다지 이슈는 되지 않은 것 같습니다."

"……음. 처음 듣는 이야기군."

"이상하네요. 결과가 아직 확실하지는 않지만, 그런 안전성 문제라면 담당자가 말씀을 드렸어야 할 텐데……."

"그리고 보니 백서제약 담당자가 누구인지도 모르겠군."

심 교수의 심기가 불편해 보였다. 그럼에도 유빈은 해야 할 말로 마무리를 지었다.

"그래서 제가 드리고 싶은 말씀은, 안정성 논란의 여지가 있는 '디안트31' 대신 '피레논'으로 코드를 교체하는 것도 한 방법일 것 같아서 주제넘게 말씀드려 봤습니다."

"음…… 잠깐 기다려 보게."

심 교수가 심각한 얼굴로 전화를 들었다.

"이 선생, 지금 내 방으로 와 봐."

전화를 끊고 1분도 안 돼서 노크 소리가 들렸다.

"교수님, 무슨 일이십니까?"

"이런 이야기가 있는데 혹시 알고 있나?"

"처음 듣는 이야기입니다."

"그래, 알았어. 백서제약 담당자한테 전화 좀 해보고 내일 오전 미팅에서 이 문제에 관해 이야기해야겠네."

"알겠습니다."

펠로우 교수가 나가자 심 교수가 유빈을 쳐다봤다.

"음…… 내일 다른 교수들과 상의해 보겠네. 만약, 자네 말이 사실이라면 코드를 교체하는 방향도 진지하게 검토하겠네."

"감사합니다, 교수님."

"이번에는 나도 고맙다는 이야기를 해야겠군. 환자한테 처방하는 약품에 그런 문제가 있을 수 있다는 사실을 알려 줬으니.

"아닙니다."

주서윤이 마무리를 했다.

"교수님, 그럼 내일 오후에 다시 방문 드려도 될까요?"

"그렇게 하게나."

"네, 오늘 시간 내주셔서 감사합니다. 내일 오겠습니다."

"자네, 김유빈이라고 했지? 나중에 혹시 한강대병원 담당하게 되면 한번 찾아오게나."

"알겠습니다, 교수님. 감사합니다."

연구실을 나오자 주서윤이 참고 있던 깊은숨을 내쉬었다.

"어떻게…… 그런 걸 다 알고 있어요?"

"뭘 말입니까? 아, 디안트31이요? 나중에 선생님들과 대화할 때 써먹을 수 있을까 봐 제약 뉴스는 틈틈이 챙겨 보는 편입니다. 디안트는 전에 담당하던 제품이기도 해서 더 관심 있게 봤고요."

"하아, 제가 OJT를 해 줄 게 아니라 유빈 씨에게 받아야겠네요."

주서윤은 유빈의 영업 능력에 감탄을 거듭했다.

"아닙니다. 오늘 많이 배웠습니다."

"유빈 씨, 오늘 정말 고마워요. 유빈 씨 아니었으면 지점장님을 뵐 낯이 없었어요."

"우리 회사 직원 도와준 건데 뭘 그러십니까. 다 선배님한테 배운 겁니다."

"훗, 빨리 배우시네요. 저, 잠깐 화장실 좀 다녀올게요."

"네. 기다리고 있겠습니다."

"야, 김유빈!"

"최한솔."

유빈은 로비에서 다시 최한솔과 마주쳤다. 아무래도 기다리고 있었던 모양이었다.

"김유빈! 경고하는데, 주서윤한테 조금이라도 찝쩍거리면 내가 가만히 안 둘 거야! 그녀는 너 같은 쭈구리하고는 어울리지 않는 사람이란 말이야. 무슨 말인지는 알지? 네가 무슨 수를 써서 제네스에 들어갔는지는 모르겠지만, 그래 봤자 네 신분이 변한 건 아니야."

최한솔이 다짜고짜 소리를 질렀다.

무슨 소리를 하나 했더니 들어줄 만한 가치도 없는 유치한 내용이었다.

이 정도로 한심한 놈이었는지는 몰랐다. 하지만 이렇게 형편없는 녀석이 부모 잘 둔 덕으로 떵떵거리며 회사에 멀쩡하게 다니는 게 현실이었다.

과거에 유빈에게 덫을 놓은 이동우 지점장의 야비한 얼굴과 뒤에서 득의만만해하던 최한솔의 얼굴이 떠올랐다. 그 뒤로 받은 수모와 심적 고통이 찌릿하며 심장을 스쳐 갔다.

흥분한 최한솔이 삿대질하며 다가왔지만, 유빈은 이번에는 가만히 놔두지 않았다.

유빈은 가볍게 녀석의 손목을 낚아챘다.

물리력을 쓰고 싶지는 않았지만, 이런 썩어빠진 정신을 가진 놈은 말 몇 마디에 물러날 놈이 아니었다.

"이 새끼가, 으윽, 이거 놔. 아야야, 이거 안 놔!"

통증으로 얼굴이 새빨개진 최한솔이 손목을 빼려 발버둥을 쳤지만, 유빈은 꿈적도 하지 않았다.

"한심한 녀석인 줄은 알았지만, 이 정도일 줄은 몰랐다."

"아야야, 놔줘, 제발 놔줘……."

지나가던 사람들이 쳐다보자 유빈이 그제야 손을 놓았다.

최한솔은 반탄력을 이기지 못하고 뒤로 자빠졌다.

"크흡!"

"최한솔. 철 좀 들어라."

"……뭐?"

"전화는 아직 안 왔냐?"

"뭐라는 거야?"

당당하려 했지만, 최한솔의 목소리가 미묘하게 떨렸다.

그때 최한솔의 전화기가 요란하게 울렸다.

"어, 이 교수님이 웬일이시지?"

빨개진 손목을 부여잡고 최한솔이 전화를 받았다.

2년 동안 한강대병원을 맡았지만, 교수에게 전화가 온 것은 처음이었다.

"교, 교수님, 안녕하십니까. 백서제약 최한솔……."

최한솔이 말을 끝내기도 전에 전화기 건너에서 고성이 들려왔다.

"아, 네, 네. 지금 바로 가겠습니다. 네, 네. 아, 심 교수님이요? 아, 알겠습니다."

"바쁜가 본데 이만 가마."

"……."

최한솔은 대꾸도 하지 못했다. 이미 기운에서 유빈에게 완전히 눌려 있었다.

"마음 단단히 먹고 들어가라."

"뭐?"

"유빈 씨, 많이 기다렸죠?"

때마침 주서윤이 웃으며 유빈에게 다가왔다. 어딘가 화장을 살짝 더한 것 같은 느낌이었다.

"최한솔. 이동우 지점장한테 안부 전해라. 조만간 보자고."

유빈은 최한솔의 어깨를 한차례 툭툭 치고는 지나쳐 갔다. 최한솔이 쭈뼛거리며 몸을 움츠렸다.

이번 일로 담당자인 최한솔뿐만 아니라 백서제약도 신뢰를 잃은 것이 분명했다. 신뢰를 잃은 제약회사가 발붙일 대학병원은 없었다.

특히나, 까다로운 심우창 교수라면 디안트31뿐만 아니라 다른 제품도 퇴출할 가능성이 컸다. 백서제약같이 제네릭만 가지고 있는 회사의 한계였다.

한 개의 오리지널 약품에 수 개의 제네릭 제품이 있는 것이 보통이다.

다른 회사의 제네릭으로 교체되어도 병원에 문제 될 일은 없었다.

　유빈이 무슨 생각을 하는지도 모르고 함께 병원을 나서는 유빈과 주서윤을 부러움과 두려움이 섞인 눈빛으로 바라보던 최한솔이 황급히 산부인과로 뛰어갔다.

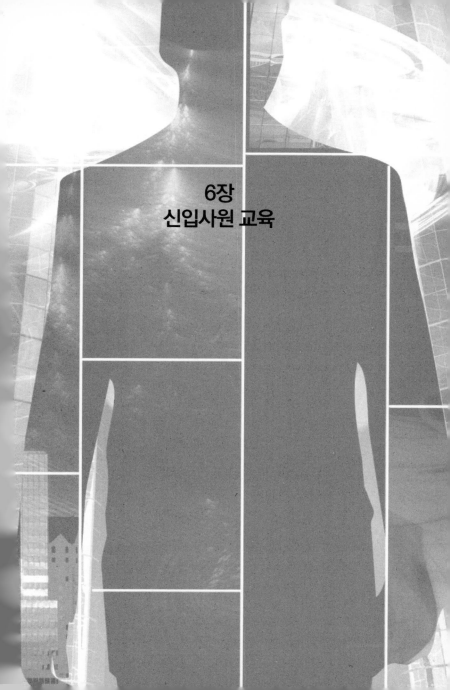

6장
신입사원 교육

신입사원 교육 장소는 삼성동 본사에서 5㎞ 정도 거리에 있는 특급 호텔이었다.

'역시 제네스야. 신입사원 교육도 호텔에서 하네'와 같은 감탄이 여기저기서 들려왔다.

신입사원들의 어깨 높이가 조금 더 올라가는 것은 어쩔 수 없었다.

하지만 들뜬 마음도 잠시, 잠깐의 쉴 틈도 없이 교육이 진행되었다.

인사부 여직원이 대회의실을 가득 채운 48명의 신입사원에게 3주간의 교육 일정과 주의사항 등을 설명했다.

온종일 선배 옆에서 각을 잡고 긴장했던지라 몇몇은 졸음과 힘겹게 싸우고 있는 것이 보였다.

"수업은 오전 8시부터 시작되어서 저녁 5시에 끝납니다. 아침과 점심 식사는 호텔 뷔페식당에서 자유롭게 드시면 됩니다. 저녁은 임직원분들과 같이하게 됩니다. 그 이후 시간은 자유시간이지만, 장시간 외출은 허락을 받으셔야 가능합니다."

고등학교와 같은 빡빡한 시간표이지만, 자유시간이 있다고 하니 다들 한결 편해진 표정이었다.

"당일 수업에 대한 시험은 그다음 날 오전에 바로 보게 됩니다. 매 필기시험 점수와 태도 점수, 그리고 마지막 디테일링(의사에게 약품에 대한 전문적인 정보를 전달하는 영업) 실전 점수를 합산해 최종 평가를 하게 됩니다."

"그럼, 매일 시험을 보는 거야?"

"역시, 자유시간이 있을 리가 없지."

"하아, 잠이나 잘 수 있겠어?"

약간의 소란스러움 속에 교육 프레젠테이션은 계속 이어졌다.

"하암, 오빠 안 피곤해요? 어쩜 이렇게 아침부터 변함없이 쌩쌩해요?"

이번에도 유빈의 옆자리를 차지한 황연희가 하품을 억지로 참으며 조그맣게 속삭였다.

유빈은 피곤이 느껴지면 시도 때도 없이 호흡 수련을

했다. 눈을 뜨고 호흡을 해도 상관이 없기 때문에 다른 사람이 이상한 낌새를 전혀 느낄 수가 없었다.

30분만 호흡을 해도 피로가 싹 사라졌다.

"연희야, 넌 조금 피곤해 보인다."

"하아, 잠들기 일보 직전이에요. OJT 자체도 긴장됐는데, 담당해 준 선배님이 얼마나 말이 많던지…… 경청하느라 힘들었어요."

황연희가 인사부 여직원의 눈치를 살폈다.

"해 보니까 영업은 잘 맞을 것 같아?"

"모르겠어요. 내가 뭘 하는 것도 아닌데 진료실에 들어갈 때마다 긴장되더라고요."

"처음에는 다 그렇지 뭐."

"오빠는 어땠어요? 주서윤 선배님 예쁘죠?"

'응? 갑자기 웬 주서윤?'

"네가 어떻게 주서윤 선배를 알아?"

유빈은 주서윤의 잔상이 머릿속에 남아 있는 터라 살짝 놀랐지만 아무렇지도 않게 대답했다.

"아까 잠깐 봤는데 엄청나게 예뻐서 OJT 해 준 선배님한테 물어봤어요. 얼굴도 예쁜데 영업도 잘하고 성격마저 좋아서 안 좋아하는 사람이 없데요. 오빠 보기에는 어땠어요?"

"음, 괜찮은 사람인 것 같더라. 신입사원 교육 끝나면 마케팅으로 옮긴다고 하던데?"

"우왕, 약사도 아닌데 대단하다!"

"연희야, 너도 할 수 있어."

영원히 끝날 것 같지 않던 첫날 교육이 마무리되고 있었다.

"오늘 교육은 여기까지입니다. 조금 전에도 말씀드렸다시피 내일 오전 8시에 필기시험이 있습니다. 나눠 드린 바인더의 챕터 원을 숙지하시기 바랍니다. 모두 수고하셨습니다."

마치 학기 시작 첫날부터 쪽지 시험을 치른다는 이야기와 같았다. 대학교였다면 아우성치는 소리가 들렸겠지만, 여기서는 누구 하나 투덜대지 않았다.

시간은 이미 저녁 9시였다. 그야말로 긴 하루였지만, 내일 오전의 시험을 생각한다면 끝은 12시를 넘겨야 할 것 같았다.

"바인더 내용은 A반과 B반이 다르니까 확인하고 가져가세요. 아, 그리고 반장 두 분은 잠깐 남아주세요."

모든 지원자가 나가고 커다란 회의장에는 유빈과 안소영, 그리고 인사부 여직원만 남았다.

"두 분은 수업 시작하기 전에 인원 파악을 꼭 해 주세요. 시작하기 전에 결원이 있으면 저한테 말씀해 주시면 됩니다. 반장을 하는 것만으로도 가산점을 받고 시작하는 거니까 힘들더라도 잘해 주세요."

"알겠습니다."

"네."

유빈과 안소영은 방 배정표와 각 지원자의 전화번호가 적혀 있는 주소록을 받았다.

안소영은 오늘 아침까지만 해도 기분이 좋았다. 모든 것이 계획한 대로 순조로웠다.

그녀는 약대 3학년 때 이미 스터디에 가입해 제네스코리아 입사를 준비했다.

좁은 약국에서 평생을 보내기에는 꿈이 큰 그녀였다.

누구나 동경하는 제네스코리아는 꿈을 펼치기에 최고의 직장이었다.

오랜 기간 준비한 만큼, 서류도 한 번에 통과. 필기시험에는 공부했던 약품이 나와 운도 따랐다.

안소영은 압도적인 점수 차로 1등을 할 것을 믿어 의심치 않았다.

게다가 그녀는 필기시험에서는 누구에게도 져 본 적이 없었다.

학창시절에는 줄곧 전교 1등이었고, 그 결과 S대 약대에 수석으로 입학했다. 물론 졸업도 수석 졸업이었다.

그녀에게 영업은 단지 지나쳐 가는 과정일 뿐이었다. 1등으로 입사해서 회사 내에 인지도를 쌓고 최대한 빨리 마케팅으로 옮겨 최연소 임원이 되는 것이 목표였다.

그런데 그녀의 완벽한 계획은 시작되기도 전에 어그러졌다.

바로 옆에 서 있는 남자 때문에!

오전에 반장으로 호명되었을 때만 해도 2등으로 입사했을 거라고는 생각도 하지 않았다.

그저 두 번째로 이름이 불린 것이 기분이 나쁜 정도였다.

안소영에게 사실을 확인해 준 사람은 그녀의 OJT를 담당했던 최석원이었다.

최석원에 의하면 옆에 서 있는 남자의 필기점수는 97점으로 역대 최고의 점수였다.

안소영은 81점이었다. 81점도 역대 세 번째로 높은 점수였지만, 귀에도 들어오지 않았다.

'김유빈, 두고 보자. 신입사원 교육에서만큼은 내가 1등이야!'

안소영은 필요하다면 3주간 잠도 자지 않을 생각이었다.

안소영이 불타는 눈으로 전의를 불태우고 있지만, 유빈의 관심사는 책상 위에 놓인 두 종류의 바인더였다.

'바인더의 내용이 다르다고?'

유빈은 두 바인더를 빠르게 펼쳐 봤다.

약동학, 약리학 기본적인 내용은 공통으로 들어 있었다. 하지만 그다음부터는 내용이 달랐다.

자세히 보지는 못했지만, 유빈의 바인더에는 FSH, LH등 여성호르몬과 여성생식기 그림이 보였다.

그에 반해 다른 바인더에는 자가면역질환, 고혈압, 간염 등의 단어가 얼핏 보였다.

'……부서가 이미 결정되어 있구나.'

그러고 보니 A반은 B반보다 여자가 훨씬 많았다.

여자 16명, 남자 8명.

여성건강사업부의 특성상 여자 영업사원이 유리한 측면이 있었다.

제네스코리아의 제약 사업부는 크게 항암/면역치료 사업부, 전문의약품 사업부, 여성건강사업부, CC(컨슈머케어, 의약외품) 그리고 동물 약품 사업부로 나누어져 있었다.

'전 직장에서도 산부인과에 다녔는데, 이번에도 여성건강 사업부라. 산부인과 하고 인연이 있나?'

회사에서 신입사원을 3주간 교육하는 데 헛돈을 쓸 리가 없었다.

그것도 교육장소가 호텔이니 유빈의 추측으로는 한 사람당 천만 원 이상의 비용이 들 것 같았다.

신입사원은 3주 교육이 끝나면 바로 현장으로 투입된다. 그러므로 신입사원 교육에서 배우는 내용이 바로 배정된 사업부서의 제품과 관련된 내용일 수밖에 없었다.

'나하고 같은 반이 된 23명.'

교육이 끝나면 뿔뿔이 흩어질 친구들이 아니었다.

유빈은 영업이 혼자서 하는 것이 아니라는 것을 알고 있었다.

'최대한 내 편을 많이 만들어야 해.'

삼성동 뒷골목의 작은 술집. 양복을 입은 세 명의 중년 회사원이 건배했다.

"본부장님, 한 잔 받으십시오."

"이렇게 자네 둘하고만 술 마시는 것도 오랜만이군."

"예전에는 참 자주도 마셨죠."

"맞아. 가끔 그렇게 젊은 혈기로 영업하고 직장 동료들과 어울렸을 때가 그립기도 해."

"그러고 보니 그 많던 직원 중에 영업부에 남은 사람은 본부장님과 권 이사님, 그리고 저 이렇게 셋뿐입니다."

"가장 열정이 많았던 셋이었지."

"하하. 맞습니다."

"그래서 이번에 신입사원은 어떤 것 같아?"

"괜찮은 친구들이 많이 지원했습니다. 약사와 수의사도

꽤 되고요."

"그 친구들은 나가지나 않으면 다행이지."

"그리고 그 친구도 있지 않습니까. 97점 맞은."

"아, 김유빈이."

"본부장님, 이름도 기억하십니까?"

"그 친구는 물건이야. 스토리텔링도 있고 능력도 있고."

"하긴 저하고 권 이사님도 서로 데려가겠다고 싸웠죠. 하하."

"장 이사, 잘 한번 키워 봐."

"시험 성적 때문이 아니더라도 보통 친구는 아닌 것 같습니다."

"왜?"

"아까 주서윤이 작성한 OJT 평가서를 읽었는데, 내용이 믿을 수 없는 내용이었습니다."

"무슨 내용인데?"

"한강대병원에서 피레논의 DC통과를 도왔다더군요."

"뭐? 신입사원이 OJT에서 뭘 어쨌다고?"

박용신 영업총괄본부장은 마시던 술잔을 내려놓았다.

"잠깐만요. 본부장님, 김유빈은 다시 상의해 보면 안 될까요? 항암사업부로 보내면 잘 맞을 것 같은데요."

항암사업부의 권 이사도 여성건강사업부 장 이사의 말을 듣자마자 태도를 달리했다.

"권 이사님, 이미 끝난 이야기입니다. 하하."

여유가 넘치는 여성건강사업부 장결희 이사만이 기분 좋게 소주를 들이켰다.

둘의 다툼 아닌 다툼을 듣던 박용신 본부장이 웃으며 끼어들었다.

"권 이사는 사람 욕심이 너무 많아. 내가 김유빈을 여성건강사업부로 보낸 데는 다 이유가 있어. 지금 가장 경쟁이 치열한 부서가 어디지?"

"여성건강사업부입니다."

"맞아. 다른 부서에서는 우리 회사가 압도적이잖아. 그래서 보낸 거야. 녀석이 진짜 물건이라면 송곳처럼 드러나겠지."

"두고 보면 진짜인지 알겠죠."

💼

"반장 형, 고마워요."

"약 먹었으니까 괜찮을 거야. 잠 좀 자."

"아, 하필이면 이럴 때 장염이라니……."

"적당히 공부하고 오늘은 일단 자. 한 번 시험 망친다고 세상 안 무너진다."

"하지만…… 그러다가 보결 합격자한테 역전당하면 어떡

해요?"

"음, 네가 걱정하는 일은 안 생길 거야."

"네?"

"내 생각에는 아마도 회사에서는 지금 신입사원 교육을 받는 전부를 다 합격시킬 계획일 거야."

"예? 하지만 인사부 이사님이 3명은 떨어진다고 하셨잖아요."

"그건 그냥 열심히 하라고 겁준 거고. 상식적으로 생각해 봐. 영준이 네가 회사 임원이면 교육하는 데만 몇천만 원을 투자한 신입사원을 그냥 떨어뜨릴 것 같아?"

"……그건 아니겠죠."

"그리고 내가 안 떨어지게 도와줄 테니까, 불필요한 걱정하지 말고 지금은 몸을 회복하는 데 집중해. 어중간하게 쉬면 다음 주도 망칠 수 있는 거 알지?"

"반장 형, 고마워요…… 저 때문에 약도 사 오시고, 공부도 제대로 못 하셨잖아요."

"내 걱정하지 말고. 기석아, 룸메 잘 돌보고 상태 안 좋아지면 바로 얘기해 줘."

"넷, 형님."

유빈이 704호의 방문을 닫고 나왔다. 어느덧 신입사원 교육도 10일이 지났다

호텔 밥은 맛있고 침대는 푹신했다.

하지만 이어지는 수면 부족과 운동 부족, 그리고 계속되는 긴장감이 쌓여 몸살부터 장염까지 몸이 아픈 애들이 속출했다.

"기석아, 미안해. 나 때문에 공부도 못 하고."

"마, 그런 말 하지 마라. 형님 말씀 들었지? 푹 쉬기나 해. 불 못 꺼서 미안하다."

김기석과 서영준은 704호 룸메이트로 동갑이었다.

회사에 들어오기 전에는 완전히 모르던 사람이었지만, 10일을 동고동락하니 절친한 친구가 되었다.

"……그나저나 반장 형은 언제 공부하는 걸까? A반 애들 챙기느라 시간도 부족할 것 같은데, 시험 성적은 늘 1등이잖아."

"반장 형은 낫닝겐이야. 그냥 그렇게 생각해. 그래야 마음이라도 편하다."

안소영만큼은 아니지만, 제네스에 입사한 사람 대부분은 자기네 동네에서는 알아주는 수재였다. 경쟁심이 강하지 않을 리가 없었다.

하지만 유빈에게만큼은 예외였다.

능력만 뛰어난 싸가지였으면 어떻게든 이겨 보려 했겠지만, 착하기까지 했다.

"낫닝겐이든 갓유빈이든 좋은 사람인 건 확실해."

"말이라고 하냐. 내가 반장이었으면 절대 저렇게 못 했을 거야. 그리고 영준아 이제 좀 자라."

"알았어. 세 시쯤 깨워 줘."

"그래."

704호에서 방으로 돌아온 유빈은 침대 위에 앉아 호흡 수련을 시작했다.

반장이라서 좋은 점 중에 하나가 독방을 쓴다는 점이었다. 호흡 수련으로 유빈은 다른 사람과는 달리 24시간을 길게 쓸 수 있었다.

두 시간 정도만 자도 몸은 최고의 컨디션을 유지했다.

게다가 수업시간에 집중해 들으면 따로 복습할 필요가 없을 정도로 뇌는 활성화되어 있었다.

모두 호흡 수련의 효용이었다.

다만, 수련의 진전은 없었다. 두 번째 전생 이후로 새로 떠오르는 풍경이 보이지 않았다.

유빈은 그러려니 하며 다시 호흡에 집중했다.

오전 필기시험의 성적은 바로 그날 저녁에 공고가 되었다.

1등부터 48등까지 이름이 적나라하게 적혀 있었다.

낮은 등수를 받은 신입사원은 다음 날부터 다른 사람의 배는 열심히 할 수밖에 없었다.

그런 와중에 유빈은 1등의 자리를 놓치지 않았다.

열흘이 지나자 사람들은 1, 2등은 쳐다도 보지 않았다. 어차피 바뀔 리가 없었기 때문이었다.

안소영은 시험 등수 공고를 뚫어지게 바라봤다.

1등 김유빈.

2등 안소영.

3등 ……

오늘도 순위는 바뀌지 않았다.

민낯으로 서 있는 그녀 얼굴의 다크서클이 유독 심해 보였다.

공부하느라 반장으로서 B반을 잘 챙기지도 못해서 수업 시간에 늦는 애들이 한두 명은 꼭 나왔다.

그에 반해 A반은 지각하는 사람이 단 한 명도 없었다. 유빈이 새벽같이 일어나 일일이 챙기기 때문이었다.

"……인간이 아닐 거야."

땅이 꺼지라고 한숨을 내쉰 안소영이 힘없이 발길을 돌렸다.

지원자들 사이에서 유빈은 본의 아니게 외계인이 되고 있었다.

이론 교육이 마무리되자 디테일링 교육이 시작되었다.

디테일링은 지금까지 머리에 넣은 약품에 대한 정보를 가지고 고객인 의사에게 전달, 처방을 유도하는 것이었다.

"콜(고객 방문)의 요점은 고객으로 하여금 MR과 제품을 하나의 이미지로 기억하게 하는 겁니다. 고객 방문 시 인사는 항상 '안녕하십니까. 제네스코리아 피레논 담당자 홍길동입니다'와 같이 회사 이름과 담당하는 제품이 포함되게 합니다. 알겠습니까?"

"네."

"저기에 카메라가 보이죠? 여러분이 디테일링 하는 모습을 동영상으로 찍을 겁니다. 자신에게 어떤 습관이 있는지, 자세는 어정쩡하지 않은지, 발성은 자신이 있는지, 제품 전달력은 어떤지. 하나하나 체크해 보겠습니다. 그럼 시험 삼아 반장이 나와서 시범을 보여 볼까요? 반장."

"네."

김유빈이 자리에서 일어났다.

"앞으로 나오세요. 긴장하지 마시고. 처음이니까 못하는 게 당연한 겁니다."

인스트럭터는 처음의 모습과 교육이 끝난 후의 모습을 녹화해 놨다가 보여 줌으로써 얼마나 발전했는지를 보여 주려고 했다.

반장에게는 미안하지만 못하는 모습을 보일수록 효과가 큰 방법이었다.

"제품 디테일링을 하면 됩니까?"

"아직 셀링 포인트를 다 외우지 못했을 테니까, 간단하게 이 펜으로 디테일링을 해보죠. 지금까지 배운 대로 첫인사부터 디테일링, 그리고 마무리까지 즉흥적으로 하면 됩니다."

'다 외웠는데.'

유빈은 속마음을 내뱉지 않고 인스트럭터가 시키는 대로 했다.

"자, 이제 방문을 열고 들어왔습니다. 레디 액션!"

"원장님, 안녕하십니까. 제네스코리아 삼색펜 담당자 김유빈입니다."

"킥, 삼색펜이래."

여기저기서 실소가 터졌다.

유빈은 설정하고 능청스럽게 말을 이어 갔다.

처음 만난 고객이 아니라 안면이 있는 고객으로 설정했다.

"잠시 앉아도 될까요."

"네. 앉으세요."

"원장님 오늘따라 유난히 날씨가 좋네요. 병원 근처에 벚꽃길이 예뻐서 따로 벚꽃 구경 안 가셔도 되겠어요."

'이 녀석 봐라. 아이스브레이킹이 자연스러운데?'

인스트럭터가 속으로 놀라며 대응했다.

"그렇죠. 그래도 윤중로라도 가 줘야지 딸이 좋아합니다."

"아, 그러시군요. 전부터 느꼈지만, 좋은 아버지이신 것 같습니다. 따님이 원장님을 많이 따를 것 같습니다."

"바쁘다 보니 쉽지는 않지만 노력하고 있습니다."

"네. 원장님, 제가 오늘 방문 드린 이유는 제네스코리아에서 봄에 피는 벚꽃처럼 아름다운 색을 내는 삼색펜이 새로 나와서 보여 드리려고 왔습니다."

"저는 지금 쓰는 게 마음에 드는데요."

'요 녀석. 제법 실력이 있지만 어디 이것도 넘기나 보자.'

반장이 생각보다 잘하기는 했지만, 자신의 수업 취지에는 맞지 않았다.

"맞습니다. 저도 지금 쓰시는 펜도 좋은 제품이라고 생각합니다. 다만, 이번에 나온 펜은 기존의 펜과 달리 뭉침이 없고 끊어지는 단점을 최소화했습니다. 또한, 색상도 자연의 색과 최대한 유사하게 만들었습니다."

유빈이 막힘없이 디테일링을 하자 다른 신입사원들은 한 편의 연극을 보는 것처럼 흥미롭게 지켜볼 수 있었다.

"그래요?"

"네, 한번 써 보시면 후회하시지 않을 겁니다. 제가 샘플을 드리고 가겠습니다."

"뭐, 그렇게 하시죠."

"감사합니다. 원장님 그러면 혹시 다음 주 같은 시간에 방문을 드려도 될까요? 펜에 대한 원장님의 생각을 여쭤 보고 싶습니다."

"그렇게 하세요."

"감사합니다. 그럼 다음 주에 뵙겠습니다."

"자, 박수."

인스트럭터가 고개를 끄덕이며 디테일링을 마무리했다.

커다란 박수가 터져 나왔다.

"원래는 못해야 하는데 제가 사람을 잘못 선택했군요. 하하. 반장은 자리로 들어가도 됩니다."

부러움의 시선을 뒤로하고 유빈이 자리에 앉았다.

"반장의 디테일링에는 필요한 요소가 다 들어 있었습니다. 우선, 첫인사. 회사, 제품이 포함되었죠? 그리고 설정을 했습니다. 처음 방문하는 고객인가, 전에 방문한 적이 있는 고객인가. 맞죠?"

신입사원들이 고개를 끄덕였다.

"인사를 하고 나서 아이스브레이킹을 했습니다. 인사하자마자 제품 이야기를 하면 고객이 부담스러워 하겠죠. 날씨나 뉴스 등의 화젯거리, 기밀의 전달로 아이스브레이킹을 할 수 있습니다. 반장이 벗꽃 이야기를 했죠. 그리고 나서 벚꽃과 연관 지어 새로 나온 펜을 소개했습니다. 반장이 생각보다 잘해서 제가 브레이크를 걸었습니다. 제가 뭐라고 했죠?"

앞줄에 있는 몇몇이 조그맣게 대답했다.

"저는 지금 쓰는 게 마음에 드는데요."

"그렇습니다. 여러분이 필드에 나가면 수도 없이 들을 이야기입니다. 내가 태클을 거니까 반장이 내 의견을 지지했습니다. 그러면서 선택권을 줬죠. 그것도 좋지만, 이 펜은 이러이러한 장점이 있다. 샘플을 드릴 테니 한번 써 보시라. 그리고 마지막으로 다음 약속을 잡았습니다. 피드백을 들으러 온다고 했죠."

"우와⋯⋯."

몇몇 입이 벌어졌다. 아무 생각 없이 들었을 때는 몰랐는데, 대화 하나하나에 이유가 다 있었다.

"여러분도 교육이 끝나면 다 할 수 있습니다. 디테일링은 많이 하면 할수록 늡니다. 잘하는 사람과 같이 많이 연습해 보세요."

디텔일링 시연 후, 며칠 동안 유빈은 다른 친구들의 디테일링 상대를 해 주느라 개인 시간을 갖기가 힘들었다.

신입사원 교육도 막바지를 향해 달려가고 있었다.

유빈의 추측대로 공통 부분이 끝나자 A반과 B반은 각기 다른 제품에 대한 교육을 받았다. 그리고 다른 신입사원도 부서 배치가 이미 정해졌다는 사실을 깨닫게 되었다.

처음부터 가장 큰 이슈였던 보결 합격자의 정체는 아직도 아는 사람이 없었다.

보결 합격자의 존재에 대해 신경을 곤두세우고 있는 B반과 달리 A반은 평온한 분위기였다.

3주 교육은 단거리 달리기라기보다는 천 미터 장거리 달리기와 같았다.

처음부터 악을 쓰며 공부했던 B반은 컨디션을 유지 못 하고 막판에 성적이 무너진 친구가 속출했다.

그에 반해 A반은 유빈의 귀띔으로 적당히 잠도 자가며 공부한 덕에 3주를 무난히 마칠 수 있었다.

"정 과장님, A반하고 B반 성적 차이가 꽤 나는데요?"

피로로 얼굴이 거뭇해진 인사부 송 주임이 시험 성적을 엑셀 파일로 집계했다.

"그래? 어디 보자. 흐음. 정말 그러네. 애초에 한쪽으로 쏠리지 않게 잘 나눴는데……."

"그러고 보니 지각이나 인스트럭터의 컴플레인 같은 마이너스 요소도 B반이 압도적으로 많습니다."

"그래? 이거 권 본부장님이 보시면 가만히 안 계시겠는걸."

정찬호 과장은 걱정하면서도 한편으로는 웃고 있을 장결희 본부장의 얼굴이 떠올랐다.

"인사부가 뭐 이렇게 될지 알고 분반을 했나요? 그리고 강 이사님이 커버 쳐 주시겠죠."

"그래, 으으. 아무튼, 이제 끝나가는구먼. 며칠만 참으면 집에 가서 잘 수 있겠어."

정 과장이 몸이 끊어지라 기지개를 켰다. 힘든 것은 신입 사원뿐만이 아니었다.

"집에 안 들어가서 좋다고 하셨잖아요."

"송 주임, 그것도 하루 이틀이야. 너도 나중에 결혼하면 남편 닦달할 필요 없어. 다 알아서 기어 들어오게 되어 있다고."

"네네."

"그리고 내일 알지? 오전에 회장님 오시니까 두 반장한테 잘 이야기해 놔. 특히 복장 깔끔 단정하게 하라고."

"네, 알겠습니다."

송 주임은 올라온 김유빈과 안소영을 번갈아 쳐다봤다.

3주 전과는 달리 안소영은 초췌해짐의 극치를 달리고 있었다. 반면 김유빈은 막 목욕이라도 하고 나온 사람처럼 얼굴에서 광채가 났다.

교육을 3주간 같이 받은 사람이라고는 생각할 수 없을 정도였다.

'참…… 피부 좋다. 왠지 이 두 사람 상태가 A반과 B반을 대변하고 있는 것 같네.'

"내일 오전에는 신입사원 대상으로 제프리 마이어스 회장님의 연설 일정이 있습니다."

"……!"

김유빈이라는 벽을 넘지 못해 자포자기 상태였던 안소영의 눈빛이 오랜만에 빛났다.

"그럼 오전 시험은 없는 겁니까?"

유빈이 물었다.

"아니요. 오전 시험 일정에는 변동이 없습니다. 다만, 시험이 끝나고 오전 수업은 없습니다. 10시까지 대회의실로 모여 주세요. 외모, 복장에 특별히 신경 써 주시기 바랍니다."

"알겠습니다."

"안소영 씨, B반은 특히 신경 써 주세요."

"아, 네. 네."

딴생각하고 있었는지 안소영이 한 박자 늦게 대답을 했다.

'시험에서는 졌지만, 이번 기회는 안 놓쳐!'

초등학생 때 4년간 미국에서 체류했던 안소영은 제프리 마이어스 회장에게 강한 인상을 남길 질문을 할 생각이었다.

네이티브에 가까운 영어 실력과 약사인 점을 부각한다면 한방에 회장을 비롯한 임직원에게 김유빈보다 인지도를 높일 기회였다.

'또 오라가 붉네.'

유빈은 유독 자신에게 적대적인 안소영을 안쓰럽게 생각했지만, 그렇다고 딱히 도와줄 생각도 없었다.

사회에서 두각을 드러내면 어쩔 수 없이 적이 생길 수밖에 없었다. 안소영을 적으로 생각하는 것은 아니었다.

어쨌든 모든 사람과 같이 갈 수는 없었다.

제네스코리아의 현 회장은 제프리 마이어스로 53세의 미국인이다. 싱가포르에 있는 아시아 헤드쿼터의 시니어 매니징 디렉터를 거쳐 1년 전에 한국에 부임했다.

제네스코리아는 다른 공룡 제약회사와 마찬가지로 여러 번의 대형 인수 합병을 겪었다.

그런 와중에 출신 회사별로 계파가 생겼는데, 제프리 마이어스는 대학을 졸업하고 미국 본사에 입사한 정통파였다. 그리고 회사 내 대부분의 요직은 정통파가 차지하고 있었다.

젊은 나이에 인정받아 고속 승진한 케이스는 아니지만, 맡은 나라마다 꾸준하게 좋은 실적을 만들어 낸 능력자였다.

또한, 한국 문화를 매우 좋아하며 특히 술 문화를 찬양하는, 친근하고 유쾌한 사람이라는 것이 주위의 평가였다.

"회장님, 어제 누구하고 그렇게 술을 드셨어요?"

검정색 검은 세단에 제프리 마이어스 회장과 동승하고 있던 여성이 인상을 찌푸리며 물었다.

"오, 카일라. 당신도 같이했으면 좋았을 텐데. 도매부의 유쾌한 이사분들과 한잔했소. 막걸리로 시작해 복분자라는 술을 처음 먹어 봤는데, 정말 환상적이더군."

회장과 함께 있는 여성은 제약사업부의 책임자인 카일라 첼시 사장이었다. 세련된 스카프와 금발 머리가 유난히 잘 어울리는 여성이었다.

"저는 와인이면 충분해요."

"까다롭기는. 로마에 왔으면 로마의 법을 따르라. 한국에 왔으면 한국 술을 먹어야지."

"개인 취향일 뿐이에요. 아무튼, 어제 과음도 하셨으니, 연설은 짧게 하세요."

"젊고 열정적인 도전자를 보면 나도 모르게 흥분해서 말이 길어지는 걸 어떡하나."

"다국적 제약협회 회장과의 점심에 늦으면 다 회장님 책임이에요."

"제니퍼의 아기가 갑자기 아프다고 연락이 오는 바람에 출발이 늦어진 걸 어떡하나."

"호텔로 바로 온다고 그랬죠? 시간에 맞춰 와야 할 텐데……."

"요즘 한국의 젊은 친구들은 영어도 잘하던데, 통역이 꼭 필요한 건 아니잖소."

"도착했네요. 저는 제니퍼한테 전화해 볼게요."

회사에서는 회장과 사장 사이지만, 고향에서 먼 아시아의 나라로 발령받은 두 사람은 회사 밖에서는 친구처럼 편하게 대화하는 사이였다.

　대회의장에는 48명의 신입사원을 비롯한 임직원 몇 명이 회장의 등장을 기다리고 있었다.

　예정된 시간보다 조금 늦게 제프리 회장이 카일라 사장을 비롯한 수행진과 함께 회의장으로 들어섰다.

　박수 소리가 회장을 맞이했다.

　"제프리, 제니퍼는 시간 내에 못 올 것 같아요. 통역 없이 가야 할 것 같은데요."

　카일라 사장은 각 잡고 앉아 있는 신입사원을 둘러보며 인사부 정찬호 과장을 불렀다.

　"미스터 정, 통역이 늦을 것 같아요. 이대로 진행하죠.

　"아, 잠깐만!"

　"사장님, 왜 그러십니까?"

　정찬호 과장이 느릿한 영어로 카일라 사장에게 물었다.

　"저기 앞줄에 앉아 있는 사람도 신입사원인가요?"

　"누구 말씀이신지."

　"저 사람이요."

　"아, 김유빈. 신입사원이 맞습니다."

　"저 사람한테 통역을 맡기죠."

　"네?"

"걱정하지 마요. 영어 실력은 내가 보증하니까."

"아, 알겠습니다."

떨떠름한 표정의 정 과장이 김유빈에게 다가갔다.

"김유빈 씨."

"네."

"통역을 해야겠는데."

다짜고짜 통역하라는 정 과장의 말에 유빈은 '내가 왜'라는 표정이 되었다.

"묻지 말고 일단 단상으로 올라가세요. 회장님한테 먼저 인사하고."

"……알겠습니다."

유빈이 단상으로 올라가자 나머지 신입사원은 무슨 일인가 싶어 웅성거렸다.

유빈은 정 과장의 말대로 우선 회장에게 다가갔다.

"안녕하십니까. 신입사원 김유빈입니다. 처음 뵙겠습니다."

"와우, 발음이 정말 좋네요. 제프리 마이어스입니다. 통역 잘 부탁해요."

카일라 사장에게 이미 이야기를 들은 회장은 솥뚜껑만 한 손을 내밀었다. 유빈이 그의 손을 맞잡았다. 그 모습이 이상하게 자연스러워 보였다.

유빈 또한 처음 보는 회장과 이런 상황이 익숙하게 느껴졌다. 전생에서의 상사를 보는 것 같은 느낌이랄까.

"반장 형이 통역하는 거야?"

"그런가 봐. 도대체 못하는 게 뭐야?"

"역시 낫닝겐, 갓유빈."

옆에서 들려오는 소곤거림을 들으며 초조한 안소영이 손톱을 물어뜯었다.

'영어까지 잘한다는 거야? 아닐 거야. 지가 잘해 봤자겠지.'

"안.녕.하.세.요."

제프리 회장이 느릿한 한국어로 인사를 했다.

"안녕하세요!"

신입사원의 우렁찬 답변이 메아리처럼 돌아갔다.

"좋아요. 좋습니다. 우선 우리 제네스코리아에 입사한 여러분께 축하의 인사를 드리고 싶습니다."

인사말로 시작해 유빈이 통역할 틈도 주지 않고 제프리 회장의 연설이 이어졌다.

몇몇이 걱정스러운 눈으로 유빈을 쳐다봤지만, 기우일 뿐이었다.

말이 길었다고 생각했던지 잠시 말을 끊은 제프리 회장이 유빈을 쳐다봤다.

그러자 유빈은 회장의 연설을 적절히 의역해 가며 이해하기 쉽게 전달했다.

포트폴리오와 회사의 비전 등 중간중간에 전문용어가 나왔지만, 유빈은 빠뜨리지 않고 정확히 내용을 전했다.

듣고 있던 신입사원은 물론 기존 직원들도 혀를 내두르며 감탄에 감탄을 거듭했다.

카일라 사장만이 기분 좋은 미소로 고개를 끄덕였다.

백미는 질문 시간이었다.

유빈이 정확히 통역해 준 덕분에 신입사원들이 용기를 내어 질문했다.

질문의 내용은 둘째 치고 유빈의 유려한 영어 실력에 회장마저도 눈을 동그랗게 떴다.

단지 발음만 좋은 영어가 아니었다. 네이티브가 아니라면 알 리 없는 표현에 자연스러움이 배어 나왔다.

오히려 한국말보다 영어가 더 자연스럽게 느껴질 정도였다.

회장은 유빈의 통역에 놀라면서도 커뮤니케이션이 잘 이루어지자 신이 나서 답변을 했다.

유빈이 단상에 올라갔을 때부터 기회를 지켜보며 기다리던 안소영이 고개를 푹 숙였다. 그녀는 준비해 온 질문이 쓰여 있는 종이를 조용히 덮었다.

그녀 인생에서 처음으로 맛보는 완벽한 패배였다.

질의 시간이 거의 마무리되어 갔다. 제프리 회장이 더 질문이 있는지 물었지만 더는 손이 올라오지 않았다.

"제가 질문을 해도 될까요?"

기분 좋게 마치려고 할 때 유빈이 제프리 회장을 향해 손을 들었다.

제프리 회장이 고개를 끄덕였다.

"제네스 본사에서 진행하는 희귀병 치료제 연구사업 중에서 '부신백질이형성장애(Adrenoleukodystrophy)'라는 질병의 치료제에 대한 연구가 어느 정도 진행되었는지 궁금합니다."

대회의실에 있는 제프리 회장과 카일라 사장만이 유빈의 질문을 알아들었다. 부신백질이형성장애라는 영어 단어를 아는 사람은 거의 없었기 때문이었다.

"왜 그게 궁금한지는 모르겠지만, 회사에서 밀고 있는 약이 아닌 이상 특정 병에 대한 연구 진행 정도는 저도 잘 알지 못합니다. 다만…… 그 연구 사업은 더는 진행하지 않는 거로 알고 있습니다."

"더 진행하지 않는다고요?"

회장의 답변에 놀란 유빈이 되물었다.

"그렇습니다. 마크 램버트 회장이 본사에 취임하면서 비용 절감을 위해 희귀병 연구 프로그램 전부를 셧다운 시킨 거로 알고 있습니다."

"그렇군요…… 잘 알겠습니다. 답변 감사드립니다."

유빈의 표정이 어두워졌지만, 알아챈 사람은 없었다.

연설을 마무리한 회장이 단상에서 내려왔다. 큰 박수가 쏟아졌다. 그 대상은 회장뿐만이 아니라 유빈에게도였다.

하지만 유빈은 무표정하게 자리로 돌아가 앉았다. 가슴 한편이 꽉 막힌 것처럼 답답했다. 수련한 이후로 처음 느끼는 답답함이었다.

"미스터 킴?"

머리가 복잡했지만, 유빈은 자신을 찾는 목소리에 고개를 들었다.

회장과 함께 온 외국인 여성이 앞에 서 있었다.

그런데 얼굴이 낯설지 않았다.

"당신은……."

"얼마 전에 만났었죠. 그때 우리 회사 면접 때문에 그렇게 도망치듯 간 거였군요."

"아!"

면접 날 우연히 도와줬던, 보행자를 차로 치었던 그 여성이었다.

"제네스 직원분이셨군요."

"카일라 첼시예요."

유빈이 여성이 내민 손을 맞잡았다. 유빈은 그녀가 회장의 수행원 중 한 명이라고 생각했다.

"김유빈입니다. 사고는 잘 해결되었나요?"

"덕분에요. 그 사람들은 사기 전과자였어요. CCTV가 설치되어 있지 않은 장소에서 외제차를 탄 여성만 노려 상습적으로 공갈해 왔더군요. 미스터 킴이 도와주지 않았으면 매우 난처했을 거예요. 고마워요."

"아닙니다. 어쨌든 잘 해결되어서 다행입니다."

"네, 그리고 오늘도 미스터 킴의 도움을 받았네요."

"도움이라뇨?"

"사실은 통역하는 직원이 늦어서 곤란하던 참이었는데 제가 미스터 킴을 발견했거든요. 제가 통역으로 미스터 킴을 추천했어요."

'그래서 인사부 과장님의 표정이 그랬구나.'

"그랬군요. 그런데 미즈 첼시, 저기 회장님이 기다리시는 것 같은데요?"

그러고 보니 한낱 수행원을 회장이 기다린다는 사실이 이상했다.

"괜찮아요. 점심시간이 다 돼서 그래요. 미스터 킴, 본사로 출근하면 제 사무실로 한번 찾아오세요. 차라도 대접할게요."

"정말 괜찮습니다."

"찾아오세요."

'뭐야 이 박력은.'

"네, 알겠습니다. 그런데 사무실이 몇 층인가요?"

"후훗, 아직 제 명함을 안 본 모양이군요."

"명함이요? 아! 그때 주신."

유빈의 양복 안쪽의 주머니에 손을 넣었다. 유빈은 명함이 있다는 사실을 완전히 잊어버리고 있었다.

다행히 오늘 입은 양복이 그날 입었던 양복이었는지 뻣뻣한 종이가 손에 잡혔다.

Genes Korea

Kyla Chelsea

President

Pharmaceutical Department

"프레지던트?"

놀란 유빈이 명함과 카일라를 번갈아 쳐다봤다.

"이제 몇 층인지 찾을 수 있을 거예요. 미스터 킴, 다음에 봐요."

카일라 사장이 멀어지자 조금 떨어져서 지켜보던 A반 남자들이 유빈에게 우르르 몰려들었다.

"유빈 형! 대박!"

"반장 형, 저 여자는 누구예요? 회사 사람이에요?"

유빈은 말없이 명함을 넘겼다.

"프레지던트? 컥, 그럼 저 사람, 아니, 저분이 사장님?"

"뭐! 이리 줘 봐!"

"제약사업부…… 사장…… 카일라 첼시…… 오 마이 갓!"

"죄송해요, 회장님. 기다리셨죠?"

"카일라, 방금 이야기하던 신입사원. 아는 친구요?"

"왜 제가 얼마 전에 자동차 사고 났다고 말씀드렸잖아요. 그때 도와준 사람이에요."

"호오, 그 사람. 그 사람이 조금 전 그 직원이란 말이지? 그렇게 칭찬하더니 카일라뿐만 아니라 나도 칭찬해야겠군요."

"인상적이죠?"

"영어 실력은 뛰어난 정도가 아니라 아예 미국인과 대화하는 것 같았소. 다른 나라의 악센트가 전혀 섞이지 않은 완벽한 본토 영어. 게다가 기존 직원이라 해도 쉽게 통역할 수 없는 내용을 그는 다 이해하고 이야기하는 것 같은 느낌이었소."

"호호, 설마 말이 잘 통한다고 술친구 하려는 건 아니죠?

"허허, 술친구야 많으면 많을수록 좋지요. 그래도 명색이 회장인데 신입사원과 술친구를 하기는 조금 그렇지 않소?"

"흐음, 뉘앙스가 예사롭지 않은데요."

"세일즈 실적이 영어 실력만큼 탁월하다면 곧 술친구가 될 수도 있지 않겠소?"

농담인 듯 농담 같지 않은 제프리 회장의 말에 카일라 사장이 미소를 지었다.

한바탕 소란을 뚫고 방에 돌아온 유빈은 카일라 사장의 명함을 만지작거렸다.

자신의 질문에 대한 회장의 대답이 계속 머릿속에 맴돌았다.

동생인 인아와의 행복한 시간을 만들어준, 그리고 제약회사에 입사하게 된 동기를 만들어준 제네스의 프로젝트가 중지되었다는 사실은 유빈에게 충격이었다.

프로젝트가 계속 유지되었다 하더라도 인아가 살아 돌아올 수 있는 것은 아니었지만, 프로젝트는 그에게 큰 의미가 있었다.

"마크 램버트라……."

마크 램버트는 제네스가 3년 전에 외부에서 영입한 전문 경영인이었다. 변화를 선택한 제네스의 역사상 첫 외부 출신 CEO였다.

마크 램버트는 40대 후반의 젊은 나이로 과감한 인수합병과 비용 절감을 통해 수많은 회사를 재건한 경영의 귀재로 불렸다.

다만, 냉철한 성격으로 성과가 낮은 부서의 폐쇄와 그에 따른 인원 감축을 과감하게 실천해 냉혈한으로도 불렸다.

하지만 회사 차원에서는 이익 증가와 주가의 상승으로 결과가 나타나자 마크 램버트를 신뢰했다.

유빈은 명함을 내려놓고 조용히 호흡을 가다듬었다. 들끓는 마음을 호심법이 어루만져 주었다.

지금은 한낱 신입사원이지만, 스승님으로부터 전수 받은 능력이라면 마크 램버트를 목표로 하는 것도 불가능은 아니었다.

그러기 위해서는 수많은 경쟁과 난관을 이겨 내야 하겠지만, 꼭 그 길을 가야 하는 이유가 유빈에게 생겼다.

지금 당장은 꼭 어떤 자리에 가야겠다고 생각이 들지는 않았다.

하지만 더 높이 올라가기 위해서는 지금보다 더 압도적인 능력을 보여 줘야 했다.

호흡을 마치고 눈을 뜬 유빈의 눈에 정광이 어렸다.

신입사원 교육의 하이라이트인 마지막 시험은 모의 콜(고객 방문)로 3주 동안 교육받은 모든 내용을 평가할 수 있는 실전 테스트였다.

고객인 의사는 마케팅의 PM(Product Manager)이 역할을 대신했다.

PM은 제약마케팅의 꽃이라 불린다. 제품을 담당해 그 제품의 연간 홍보, 기획과 판촉물, 브로셔 제작, 연구논문의 번역 등 영업사원의 세일즈를 서포트한다.

그들 역시 한때는 MR이였기 때문에 신입사원이 당황할 만한 포인트를 잘 알고 있었다.

고객의 질문에 정확한 답변을 하지 못하더라도 그 상황을 얼마나 부드럽게 넘기느냐도 중요한 평가 항목이었다.

요는 일단 당황하지 않아야 했다.

신입사원은 교육을 받은 제품 중 랜덤으로 선택한 한 개의 제품을 디테일링하면 됐다.

시험은 모든 신입사원과 부서의 본부장과 지점장, 그리고 3주 동안 교육을 해 준 인스트럭터가 지켜보는 데에서 진행되었다. 실력이 확연하게 드러나는 자리이기 때문에 긴장감이 시험장 안에 팽배했다.

"원장님, 그러니까 음…… '젤레크'는 임상시험 결과 플라시보(Placebo, 임상 결과를 비교하기 위한 약효 성분 없는 대조군 약물)보다 통계적으로 유의한 효과를 나타내었습니다."

서경아는 브로셔를 가리키며 원장의 질문에 대답했다. 그녀로서는 미리 짜 놓은 콜 스크립트대로 상황을 이끌고 싶었지만, 의사 역할을 하는 박다혜 PM은 호락호락하지 않았다.

그녀는 젤레크를 담당하는 만큼 신입사원에게 필요한 압박을 가했다.

"그건 잘 알겠어요. 하지만 그런 근거만으로는 제가 지금 쓰고 있는 제품을 교체해야 할 이유를 모르겠네요. 혹시 두 제품의 효능을 비교한 임상 데이터도 있나요?"

"……원장님 말씀이 맞습니다. 괜찮으시다면 다음 방문 때 말씀하신 데이터를 가져와도 될까요?"

뭐가 맞다는 건지, 할 말이 떠오르지 않은 서경아가 급마무리를 지으려 했다.

"데이터가 있기는 해요?"

"네, 아, 네. 제가 확인해 보고 말씀드리겠습니다."

당황한 표정이 역력했다.

"네, 알겠어요."

"감사합니다. 다음에 뵙겠습니다. 아, 다음 주 이 시간에 다시 와도 될까요?"

"그렇게 하세요."

최대한 의연하게 보이려 했지만, 다리가 풀린 서경아가 의자에서 일어나면서 휘청거렸다.

그녀는 곧 울 것 같은 표정으로 자리로 돌아가 앉았다.

긴장된 분위기와 생각보다 강한 PM의 압박에 다들 평소의 반도 못한 실력을 보여 주고 있었다.

첫 번째 지원자부터 벌써 네 명이 연속으로 누가 봐도 시험을 망쳤다.

지켜보던 장결희 본부장과 디테일링 수업을 담당했던 인

스트럭터도 표정이 좋지 않았다.

채점이 끝나자 PM이 다음 신입사원을 불렀다.

"김유빈 씨. 준비하세요."

"네."

유빈이 자리에서 일어나자 A반원들이 격려의 눈빛을 보냈다. 대기하는 동안 호심법을 운용하던 유빈이 고개를 끄덕이고 방문 앞으로 가 섰다.

'호오, 이 사람이 김유빈이구나. 인상도 좋고 키도 훤칠하고. 어디 소문만큼의 실력인지 한번 볼까.'

의사 역할을 하는 박다혜 PM뿐만 아니라 장결희 본부장과 지점장들도 유빈을 유심히 지켜봤다.

유빈은 부드럽게 오프닝과 아이스브레이킹을 넘겼다.

그리고 우연히도 앞서 시험을 치른 서경아와 마찬가지로 '젤레크'의 디테일링을 시작했다.

"원장님께서도 아시겠지만, 보시는 바와 같이 젤레크를 복용한 갱년기 여성에게서 다양한 폐경증상의 완화를 확인할 수 있었습니다."

유빈도 서경아와 마찬가지로 브로셔를 펼쳐 약품의 효과를 설명했다.

"치료 효과가 있다는 것은 알겠어요. 하지만 기존 제품과 별다른 차이는 없는 것 같네요."

태클이 들어왔다. 진짜 시험은 이제부터 시작이었다.

"네, 원장님 말씀이 맞습니다. 폐경 증상의 치료 효과 면에서는 젤레크가 타 제품과 큰 차이를 보이지는 않습니다. 저, 원장님께 질문 하나만 드려도 될까요?"

유빈이 원장의 의견을 지지한 후, 곧바로 질문을 던졌다. 지금까지의 신입사원과는 달리 유빈은 질문을 통해 디테일링을 계획한 대로 이끌어 가려 했다.

"그러세요."

박다혜 PM이 일부러 차가운 얼굴로 쌀쌀맞게 대답했다.

유빈은 굳이 오라를 볼 생각도 하지 않았다. 디테일로만 PM을 제압할 자신이 있었다.

"원장님께서는 폐경 호르몬제를 처방하시면서 어떤 점이 불편하신지 여쭤 봐도 될까요?"

지켜보던 사람들이 고개를 끄덕였다.

질문이라는 게 건방져 보일 수도 있지만, 유빈의 공손한 태도가 그런 느낌을 지워 버렸다.

조금 전까지만 해도 조마조마하게 지켜보던 신입사원들도 한결 편안한 표정이 되었다.

본부장과 지점장도 흥미롭게 유빈을 지켜봤다.

지금 유빈의 디테일링 실력은 기존의 직원 중에서도 쉽게 볼 수 있는 모습이 아니었다.

"아무래도 부작용이겠죠. 약을 먹고 환자가 종종 컴플레인 하는 경우가 있거든요."

"그러시군요. 원장님께도 아시겠지만, 부작용이 없는 완벽한 약은 없습니다. 하지만 제네스코리아의 젤레크는 폐경 호르몬제의 부작용인 수분 저류로 인한 부종, 혈압 상승, 체중 증가 등을 최소화했습니다."

"그래요? 어떻게 그게 가능하죠?"

"네, 젤레크는 기존 치료제와는 달리 천연 황체 호르몬인 프로게스테론 대신 합성 호르몬제인 레브레스테론을 사용했습니다. 레브레스테론은 수분과 나트륨을 체외로 배출시키는 것을 도와줘서 부작용을 최소화할 수 있었습니다."

박다혜 PM은 속으로 놀라고 있었다.

유빈의 대답은 교과서처럼 정확했다.

게다가 아무리 경력직이라지만, 유빈의 디테일링에 자신이 끌려가는 느낌을 받았다.

모든 사람이 숨을 죽이고 둘의 대화를 지켜봤다.

'제법인데…… 조금 더 들어가 볼까?'

"체중이 증가되지 않는다고요? 연구 결과가 있나요?"

"네, 원장님. 제가 지금 자료를 가지고 있지는 않지만, 작년 북미폐경학회지 Menopause에 실린 연구에 따르면 1년간 젤레크를 복용 시 체중이 1kg 정도 유의하게 감소한다는 결과가 실렸습니다."

'뭐야, 신입사원 교육에서 이런 건 안 가르쳐 줄 텐데?'

"그…… 렇군요."

"괜찮으시다면 다음 방문 때 제가 폐경학회지를 가지고 와도 될까요?"

"그러면 좋겠군요. 처방하는 데 고려할 수 있을 것 같네요.

"네, 감사합니다. 그리고 젤레크는 체중 증가 외에 다른 부작용의 발생도 감소시켰습니다. 혹시 폐경기 호르몬 치료가 필요한 환자 중에 고혈압 환자가 있으면, 젤레크를 고려해 보셔도 좋을 것 같습니다."

실제 콜이라면 이렇게까지 안 하겠지만, 지금은 어디까지나 배운 것을 보여 줘야 하는 시험이었다.

'이렇게 끌려갈 수는 없어.'

박다혜도 PM으로서 오기가 생겼다. 김유빈의 실력은 인정했지만, 한낱 신입사원한테 꿀릴 수는 없었다.

"그런데 폐경호르몬 치료를 하다 보면 브레스트 캔서나 VTE를 걱정할 수밖에 없는데, 환자한테 계속 권해도 될까 모르겠네요."

박다혜가 일부러 영어와 약어를 섞어서 이야기했다. 게다가 실제로 대답하기도 까다로운 문제였다.

"네, 그 부분에 대해서는 많은 다른 선생님께서도 걱정하시고 계십니다. 폐경 호르몬에 처방되는 모든 치료제가 그 문제에서는 자유로울 수 없다고 생각합니다. 다만, 연구가 계속 진행 중이고 아직은 호르몬 치료와 유방암, 정맥혈전색전증의 관계가 명확하지 않기 때문에 계속 연구가 필요할 것 같습니다. 연구가 업데이트되는 대로 원장님께 제일 먼저 결과를 가져오도록 하겠습니다."

'주, 죽인다.'

박다혜는 그저 감탄할 수밖에 없었다. 자기가 쓴 어려운 용어를 풀어서 답한 것은 물론이고 최신 연구 트렌드까지 꿰차고 있다는 사실이 놀라울 뿐이었다.

유빈이 호심법과 전생의 능력에만 의존하지 않고 시간이 나는 틈틈이 제품을 공부한 결과였다. 물론 호심법의 수련으로 향상된 기억력과 수면 시간의 절약으로 가능한 일이기는 했다.

"……알겠습니다. 기대하고 있겠습니다."

"아닙니다, 원장님. MR로서 당연한 일입니다."

"다음에 올 때 학회지와 혈압과 관련된 자료도 가져오면 좋겠군요."

"네. 같이 챙겨 오겠습니다. 원장님 바쁘실 텐데 소중한 시간 내주셔서 감사합니다. 다음 주에 다시 방문하도록 하겠습니다. 감사합니다."

"네. 안녕히 가세요."

유빈이 일어서자 우레와 같은 박수가 쏟아졌다.

'인물은 인물이군. 주서윤이 왜 평가서에 그런 말을 썼는지 알겠어.'

본부장을 비롯한 직원들도 흡족한 표정으로 박수에 동참

했다. 몇몇 지점장은 벌써부터 본부장에게 유빈을 본인 팀으로 데려오기 위해 사인을 보냈다.

인사부를 비롯한 인스트럭터들도 그제야 표정을 풀었다. 미소를 지으며 자리로 돌아오는 유빈이 그렇게 예뻐 보일 수가 없었다.

유빈이 물꼬를 트자 그다음 신입사원들도 자신 있게 시험에 임했다.

"최종 시험 1등은 김유빈 씨입니다. 자연스러운 태도와 제품에 대한 확실한 이해, 오프닝부터 클로징까지 단점을 전혀 찾아볼 수 없었습니다. 훌륭합니다. 수고하셨습니다. 2등은……."

시험이 마무리되고 여성건강사업부 장결희 본부장이 1등부터 3등까지 순위를 발표했다.

예상대로 1등은 유빈이었다. 채점 결과를 보면 2등과는 압도적인 차이였다.

본부장의 순위 발표를 끝으로 좋은 분위기 속에 3주 신입사원 교육의 최종 시험이 마무리되었다.

시험이 끝나고 신입사원과 임직원의 회식이 이어졌다. 마지막 시험이 끝나서인지 신입사원의 표정은 어느 때보다 밝았다.

3주간 시험을 보며 매일 저녁 중압감을 느꼈을 테니 자유를 느낄 만도 했다.

"지점장님, 제가 한 잔 드리겠습니다. 신입사원 김기석입니다!"

"반가워요. 김기석 씨는 고향이 어딘가?"

"네, 마산입니다!"

"그래요? 그럼 마산을 잘 알겠네?"

"네, 골목길까지 다 알고 있습니다!"

지방으로 지원한 신입사원은 이미 자신이 가게 될 지역의 지점장에게 열심히 하겠다는 어필을 하고 다녔다.

"본부장님, 처음 뵙겠습니다. 김유빈입니다."

"김유빈 씨, 오늘 아주 훌륭했어요."

"아닙니다. 잘 가르쳐 주신 인스트럭터분들 덕분입니다."

"그래요. 그런데 김유빈 씨, 여성건강사업부에 배정된 것은 알고 있죠?"

"네, 교육 때 제품 교육받으면서 알게 되었습니다."

"우리 회사는 신입사원 1등에게 자신이 원하는 부서에서 일할 수 있는 특전을 주거든요. 알고 있었어요?"

술이 살짝 오른 장결희 본부장이 유빈을 향해 얼굴을 가까이 들이밀었다."

"몰랐습니다."

처음 듣는 이야기였다.

"어때요? 여성건강사업부 말고 따로 가고 싶은 부서가 있나요? 내가 본부장이라고 해서 부담 갖지 말고 말해 봐요."

얼굴이나 떨어뜨리고 말하지.

"솔직히 말하면 항암이나 면역 파트가 파이는 훨씬 커요. 매출이 천억 단위니까. 게다가 제네스가 다른 회사에 비해 압도적으로 잘나가죠. 영업 환경도 좋고, 의사들도 반겨 주고. 어때요?"

"아닙니다. 저는 여성건강사업부에서 일하고 싶습니다."

유빈은 단순히 앞에 있는 본부장 때문에 그런 결정을 내린 것은 아니었다.

여성건강사업부는 타 부서와 달리 다른 회사와 경쟁이 치열했다. 그래서 오히려 유빈은 자신의 가치를 더 잘 드러낼 수 있는 부서인 여성건강사업부를 선택한 것이었다.

"그래요? 허허. 사람이 뭘 좀 아는군요. 한잔해요."

기분이 좋아진 본부장의 얼굴이 밝아졌다. 항암사업부의 권 본부장도 이제는 할 말이 없을 것이다.

술이 돌고 시끌벅적한 와중에 강북 2팀의 이혁 지점장은 유심히 유빈의 행동을 지켜봤다.

유빈의 디테일링을 보면서 지점장 중 유일하게 표정이 굳었던 그였다.

3년 차 지점장인 이혁은 38살의 나이에 과장급인 지점장으로 승진할 정도로 발군의 실적을 만들었다. 고지식한 성격으로 인간관계가 넓지는 않았지만, 그의 성실함은 다들 인정할 정도였다.

그는 영업을 잘할 수 있는 가장 큰 무기는 성실함이라고 생각했다.

특히 요즘처럼 일주일에 한 번만 본사에 들어가고 나머지 요일에는 담당 지역으로 바로 출근하는 MR에게 성실함은 필수였다.

그는 경험상, 순전히 자신의 이야기지만, 영업적으로 조금 부족한 사람이 부족한 점을 메우기 위해 더 성실하게 일할 가능성이 크다고 생각했다.

그런 면에서 유빈은 걱정되는 신입사원이었다. 뛰어난 능력만 믿고 성실함과는 거리가 먼 영업을 할 것만 같았다.

이혁 지점장이 아직 배치도 되지 않은 유빈을 걱정하는 데는 다 이유가 있었다. 그는 어제저녁 본부장에게 전화를 받았다.

–아무래도 이 지점장이 김유빈을 맡아줘야겠어.

"네? 제가요?"

의외였다.

–그 친구는 다른 지점장님들이 데려가고 싶어 하는 것 같은데요?

막내 지점장인 이혁은 신입사원이 배치되는 대로 받을 수밖에 없었다.

　―내가 생각해 봤는데 이 지점장이 제일 잘 맞을 것 같아. 다른 지점장은 오랜 기간 지점장을 해서 아무래도 김유빈을 자기의 틀에 가두려고 하겠지. 그건 내가 원하지 않아.

　"본부장님, 아무리 잘해도 김유빈은 신입사원입니다."

　―물론 잘 알지. 그러니까 이 지점장이 잘 이끌어 봐.

　"……알겠습니다. 저야 본부장님이 맡으라고 하시면 맡아야죠."

　마침 지점장에게 술을 돌리던 유빈이 이혁 지점장에게 다가왔다.

　"안녕하십니까? 신입사원 김유빈입니다. 잘 부탁드리겠습니다!"

　이혁 지점장은 유빈을 빤히 쳐다보다가 작은 한숨을 내뱉었다.

　"그래요, 잘 부탁합니다. 이혁입니다."

　유빈은 평소보다 일찍 일어나 호텔 주변을 걸었다. 일곱 시만 돼도 출근하는 차로 가득한 도로는 아직 한산했다.

　3주 동안 매일 찾았던 작은 공원에 도착한 유빈은 시원한 새벽 공기를 만끽하며 완무를 수련했다.

완무의 속도가 느려질수록 전에는 인지하지 못했던 몸속의 변화와 흐름을 느낄 수 있었다.

완무를 수련함으로써 호심법을 운용할 때, 기가 흐르는 통로가 더욱 넓어지고 단단해짐을 알 수 있었다. 그런 만큼 이전과 비교해 짧은 시간 호흡을 해도 마찬가지의 효과를 얻을 수 있었다.

오전 시험이 없는 관계로 조금 길게 수련한 유빈은 상쾌한 기분으로 호텔로 향했다.

"안소영 씨?"

해가 뜨지 않아 아직은 불을 켜 놓은 호텔 입구로 들어가려 할 때 낯익은 사람이 문밖으로 나왔다.

B반 반장인 안소영이었다.

넋 놓고 있다가 유빈을 발견한 안소영이 순간 경직되며 발걸음을 멈췄다.

"어디 가세요?"

"……아니요. 그냥 조금 답답해서 바람 쐬러 나왔어요."

안소영의 반응이 평소와는 달랐다. 일단 단답형의 대답이 아니었다. 항상 딱딱했던 표정도 한결 부드러워 보였다. 그럼에도 유빈은 그녀하고는 별 할 말이 없었다.

"3주 동안 고생했어요. 이따 봐요."

"아, 저기……."

의례적인 인사와 함께 지나치려는 유빈을 안소영이 머뭇거리며 붙잡았다.

"왜 그러세요?"

"……운동하고 오는 거예요? 설마, 매일 아침 운동을…….."

가까이서 유빈의 목 뒤에 흐르는 땀을 발견한 안소영이 놀란 듯 물어봤다.

"네, 호텔에만 있으면 답답하잖아요."

"하아, 김유빈 씨는 정말……."

"……."

안소영이 계속 말끝을 흐리며 딴 이야기를 했지만, 유빈은 차분히 기다려 줬다. 뭔가 하고 싶은 말이 있어 보였다.

"3주간 정말 많이 배웠어요."

"그렇죠."

정말 많이 배우기는 했다. 마치 지식을 뇌 속에 쑤셔 넣은 같은 기분이었다. 이렇게만 공부하면 사법고시도 패스할 것 같았다.

"아니요. 제 말은 그게 아니라…… 김유빈 씨 덕분에 세상이 넓다는 것을 배웠어요."

"……."

"신입사원 교육 1등 축하해요."

아직 발표는 나지 않았지만, 면접과 필기, 그리고 디테일링 시험에서도 1등을 놓치지 않은 유빈이 최종 1등일 수밖에 없었다.

말을 뱉고 난 안소영의 표정이 후련해 보였다.

"고맙습니다. 안소영 씨도 축하합니다. 그런데 신입사원 교육에서 1등, 2등이 뭐가 중요하겠습니까. 진짜는 이제부터인데요."

"……그러네요. 후훗."

"웃으니까 훨씬 좋아 보이네요. 부서는 다르지만 서로 열심히 합시다."

"이번에는 제가 완패했지만, 다음부터는 절대 안 질 거예요."

역시. 경쟁심이 강한 여자다. 그렇다 치더라도 안소영의 밝은 얼굴이 보기 좋았다. 입을 뾰족하게 내민 모습이 나름 귀엽게 보였다.

"저도 안 질 겁니다."

유빈이 웃으며 말하자 안소영도 따라 웃었다.

예상대로 1등은 유빈의 몫이었다. 성적이 발표되면서 유빈은 사람들에게 다시 한 번 강한 인상을 심어줬다.

2등에게는 미안하지만, 비교할 수 없는 성적이었다.

유빈이 얻은 것은 그뿐만이 아니었다.

유빈은 충실한 반장 역할로 23명의 우군을 얻었다. A반 동기 중에 3주 동안 작은 일이라도 유빈의 도움을 받지 않은 사람은 한 명도 없었다.

"다들 고생했다. 월요일에 보자."

"오빠, 고생했어요. 고마워요.

"형님, 들어가세요."

"난 반장 형하고 같은 지점에 배정되면 소원이 없겠다."

"야, 넌 왜 그렇게 생각이 짧냐? 형님하고 한 지점이 되면
계속 비교당할 게 뻔한데."

"헉! 취소. 취소."

'녀석들 지금은 3주가 힘들다고 생각하겠지만, 지나고 나
면 교육 때가 제일 재밌었다고 말할 때가 올 거다.'

헤어지기 전 동기들과 짧은 회포를 푼 유빈은 자취방으로
가지 않고 고속버스터미널로 향했다.

본격적으로 일하기 전에 어머니와 스승님을 뵐 생각이
었다.

유빈은 고속버스터미널에 도착하자마자 운 좋게도 출발하
기 직전의 버스를 탈 수가 있었다.

정장을 빼입은 유빈이 버스에 올라타자 사람들의 시선이
몰렸다.

유빈은 유일하게 남아 있는 빈자리에 앉았다. 옆 좌석에는
이십 대로 보이는 여성이 앉아 있었다.

보통 사람보다 화장이 유난히 짙은 여성은 바로 옆에 누가

탔는데도 눈을 꼭 감고 얼굴은 창백한 모습이 조금은 이상해 보였다.

화장 때문인가. 단순하게 생각한 유빈은 신경을 끄고 역시 눈을 감았다.

"……저기요."

잠에 빠져 있던 유빈은 누군가 팔을 흔드는 느낌에 눈을 떴다. 뻐근한 눈으로 슬쩍 창을 보니 이제 막 안성을 지나고 있었다.

"으음……."

"……저기요."

옆에 앉아 있는 여자가 모기만 한 목소리로 유빈을 다시 불렀다. 유빈이 눈을 비비며 그녀를 보니 출발할 때보다 얼굴은 더 창백했고 이마에는 땀이 송골송골 맺혀 있었다.

"괜찮으세요?"

여자가 고개를 저었다.

"……제가 공황장애가 있어서요. 약을 먹어야 하는데 물이 없어서……."

얼마나 급하면 생면부지의 남자에게 이런 이야기를 할까 싶었다. 안타깝게도 유빈 역시 물을 가지고 있지 않았다.

'인아가 컸으면 이 정도 나이겠지?'

전혀 닮지는 않았지만, 그녀의 고통스러운 얼굴에 병으로 고생하던 인아의 얼굴이 겹쳐 보이자 유빈은 망설이지 않고 자리에서 일어났다.

"죄송합니다. 저, 제 일행이 급하게 약을 먹어야 하는데 물이 없어서요. 혹시 가지고 계신 분 없으신가요?"

큰 목소리에 잠을 자던 몇몇 사람이 짜증스러운 눈길을 보냈지만, 유빈은 개의치 않았다.

"여기 있어요."

유빈의 앞에 앞자리에 앉아 있던 아주머니가 흔쾌히 보리차 음료를 건네줬다.

"정말 고맙습니다. 자, 드세요."

음료의 뚜껑을 따 여자에게 건넸다.

"……고맙습니다."

여자는 손에 힘이 안 들어가는지 답답할 정도로 천천히 물과 알약을 삼켰다.

"하아……."

"좀 괜찮으세요."

"네…… 조금 전보다는 나아졌어요. 고맙습니다."

여자는 여전히 힘이 없이 의자에 축 늘어졌다. 말하는 것조차 힘들어 보이는 그녀의 셔츠가 식은땀으로 흠뻑 젖어 있었다.

유빈은 정신을 집중해 그녀의 오라를 살폈다.

안 좋은 몸 상태만큼이나 어두운 회색의 오라가 요동치며 넘실거렸다.

'어라.'

바로 옆에 있는 탓에 그녀의 오라가 유빈의 오라와 겹쳐지는 현상이 보였다.

신기하게도 겹쳐진 부위에서는 유빈의 안정된 오라에 영향을 받아서인지 그녀의 오라도 밝은색으로 변하며 흔들림이 줄어들었다.

그 모습에 뭔가를 깨달은 유빈이 호심법을 운용했다.

안정된 호흡과 함께 유빈의 밝고 안정된 오라가 넓게 퍼지며 그녀와 그녀의 오라를 감쌌다.

거듭된 수련으로 유빈에게서 뿜어져 나오는 오라의 크기는 거의 버스의 반 정도를 가득 채울 정도였다.

"아……."

찡그린 채로 눈을 감고 있던 여자가 살며시 눈을 떴다. 숨쉬기가 한결 편해진 모습이었다.

이유는 알 수 없지만, 가슴을 옥죄어 오던 공포스러운 느낌이 서서히 사라짐을 느꼈다.

'효과가 있어!'

유빈은 그녀가 편안함을 느낄 수 있게 유성으로 가는 버스 안에서 내내 호심법을 운용했다.

버스는 무사히 유성시외버스터미널에 도착했다. 옆자리에 앉아 있던 여자는 유빈에게 연신 고맙다는 말을 남기고 갈 길을 갔다.

버스에서 내릴 때 그녀의 모습은 조금 전까지 공황장애로 고통받은 사람이라고는 생각할 수 없을 정도로 생기가 넘쳤다.

'오라가 다른 사람의 오라에 영향을 줄 수 있구나.'

유빈은 오라가 단순히 사람의 상태를 나타내는 것이 아니라 몸과 연결된 기운이나 에너지 같은 것임을 깨달았다.

오라가 안정되면 몸 상태도 안정된다는 뜻이었다.

'몇 번 더 실험해 보면 확실히 알 수 있겠지.'

좋은 방향으로 사용한다면 앞으로 큰 도움이 될 것 같았다.

집에 도착한 유빈은 어머니에게 합격의 소식을 전했다. 어머니는 눈물을 흘릴 정도로 좋아하셨다.

집은 유빈이 떠날 때보다 훨씬 정리가 잘되어 있었다. 아직은 50마리가 넘는 강아지가 완전히 자리를 잡지는 못했지만, 어머니 말씀으로는 수의과 학생이 틈틈이 찾아와 도와줘서 큰 힘이 된다고 하셨다.

유빈의 말대로 가끔 이장님의 말동무가 되어 준 어머니는 진짜로 이장님이 이것저것 잘 챙겨 준다며 고마워했다. 마을의 누군가가 개 짖는 소리 때문에 시끄럽다고 투덜대면 오히려 나서서 해결해 주기까지 한다고 하셨다.

유빈은 일요일에 스승님을 뵈러 계룡산으로 향했다.

스승님에게 물어보고 싶은 것도 이야기해 드릴 것도 많았다. 하지만 스승님의 거처를 찾을 수가 없었다. 아무래도 산에 계시지 않은 모양이었다.

"내가 산에 있으면 마중을 나가마. 마중을 안 나가면 계룡산에 없다는 뜻이니 더 찾지 말고 다음에 오거라."

스승님이 태화산에서 헤어지면서 해 준 말씀이었다.
'스승님, 다음에 오겠습니다.'
지금의 유빈이 존재할 수 있게 해 준 스승님이 오늘따라 보고 싶었다. 어쩔 수 없이 다음 기회를 기약하며 산에서 내려올 수밖에 없었다.
유빈은 마지막으로 동생인 인아의 묘소를 찾았다.
"인아야, 오빠가 제네스에 합격했어. 오빠가 꼭 치료제를 만들 수 있게 할게."
묘소 앞에 꽃 한 송이를 놓고 다짐한 유빈은 다시 서울행 버스에 몸을 실었다.
내일은 제네스 직원으로 첫 출근이었다.

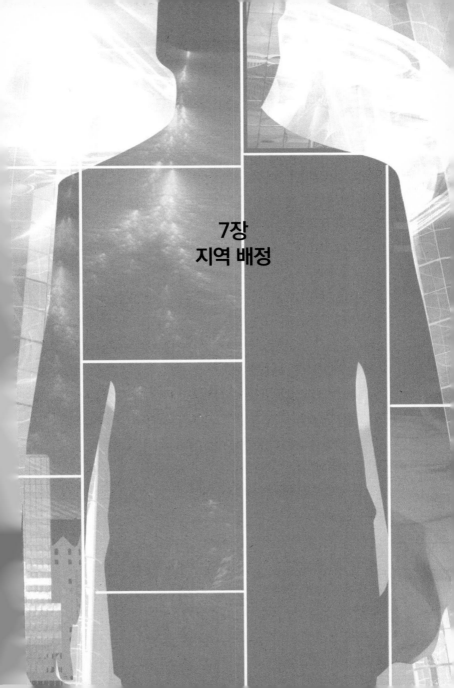

7장
지역 배정

유빈은 새로 구한 노원구의 작은 원룸을 나섰다.

저번 주로 인수인계를 마무리하고 드디어 혼자 거래처를 방문하게 되었다.

1년 6개월 만에 MR로 돌아온 유빈의 심장이 기분 좋은 떨림으로 두근거렸다.

강북 2팀에 들어가게 된 그는 완전히 겹치지는 않지만, 배정받은 지역이 백서제약에서 일할 때와 거의 비슷했다.

유빈이 맡은 지역은 도봉구, 강북구, 노원구, 의정부, 그리고 경기 북부 지역이었다.

하지만 일하는 장소만 같을 뿐, 많은 것이 달라져 있었다. 소속된 회사, 제품, 동료뿐만이 아니라 무엇보다 유빈 자체가 변해 있었다.

남다른 체력과 기억력, 오라를 볼 수 있는 능력 그리고 전생의 영업 경험이 유빈과 함께했다.

수련으로 전생을 본 유빈은 인연이 얼마나 질긴 것인지 어렴풋이 알 수 있었다.

이쪽 지역으로 배정받은 이상 백서제약 이동우 지점장과는 점유율을 두고 맞붙을 수밖에 없었다.

그러나 그것은 유빈이 목표로 다가가기 위한 하나의 통과점에 불과했다.

유빈에게는 본사 CEO라는 높은 목표가 있었다.

지금 입 밖으로 꺼냈다가는 놀림감이 될 게 뻔한 목표지만 계속 올라가다 보면 언젠가 분명히 손에 닿을 날이 올 것이라고 믿었다.

'우선은 베스트 MR. 지금은 그것만 생각하자.'

건물에서 나오자 찬 공기가 유빈을 맞았다. 그가 좋아하는 새벽 공기였다.

하늘은 캄캄했지만, 대로 맞은편에 우뚝 서 있는 대학 병원은 불빛으로 환했다.

모든 사람에게 공평한 것이 있다면 바로 하루에 주어지는 24시간이다.

하지만 24시간을 어떻게 보내느냐에 따라 공평함의 의미가 무색해지기도 한다.

3주간의 신입사원 교육 동안 유빈은 세 시간 이상을 자지 않았다.

호심법과 완무의 수련으로 어떤 경지에 이르고 나서는 그 이상 잠이 필요하지 않게 되었다.

시간이 충분하니 반 동기를 하나하나 챙기면서도 남들의 배 이상으로 공부할 수가 있었다.

시간과 노력 거기에 범인을 뛰어넘는 기억력까지 더해지니 다른 사람이 따라올 수 없는 것은 자명한 일이었다.

'영업도 별다른 건 없지.'

백서제약 때는 성실하게 일은 했지만, 요령은 없었다.

하지만 이제는 두 배 이상 성실하게 일할 수 있을 뿐만 아니라 전생의 경험이 모자란 점을 채워 줬다.

유빈이 군이 노원구에 있는 은산병원 바로 앞에 자취방을 구한 것도 그런 전략 중 하나였다.

은산병원은 노원구에 있는 대학병원으로 덩치와 명성 면에서 한강대병원과 쌍벽을 이뤘다.

"내 집처럼 들락날락해 줄게."

마음에 드는 여자의 경계심을 누그러뜨리고 호감을 살 때 가장 좋은 방법은 자주 얼굴을 보이는 것이다.

고객과의 유대도 마찬가지. 자주 만나는 것만큼 강력한 방법은 없었다.

마음에 드는 여자를 보는 것처럼 은산병원에게 미소를 날린 유빈은 근처 슈퍼에서 요구르트 한 줄을 사 병원으로 향했다.

새벽이라 외래 환자가 없는 병원은 썰렁함을 넘어 을씨년스러울 정도였다.

엘리베이터를 타고 3층 산부인과 앞에 도착한 유빈이 가방 안에서 요구르트를 꺼냈다.

이른 아침이라 간호사도 보이지 않았다.

"보자. 오늘 오전 진료는 이인규 교수님하고 홍라선 교수님이구나."

열려 있는 진료실에 슬쩍 들어간 유빈이 진료 책상에 요구르트 두 개를 놓고 나왔다.

옆 진료실에도 똑같이 두 개를 놓고 나오면서 나머지 요구르트는 간호사 리셉션데스크 밑에 넣어 놓았다.

"이봐요. 거기서 뭐 하는 거예요?"

유빈이 할 일을 마치고 돌아서려는데 까칠한 여자의 목소리가 움직임을 막았다.

고개를 마저 돌린 유빈 앞에 하얀 가운을 입은 여자 의사가 푸석푸석한 얼굴로 유빈을 노려보고 있었다.

새벽부터 정장을 빼입은 남자가 아무도 없는 진료실을 기웃거리고 있으니 경계심이 들 만도 했다.

'레지던트인가.'

몰골을 보아하니 새벽에 분만수술을 뛰고 막 나온 것 같았다.

"안녕하세요. 교수님. 제네스코리아 김유빈이라고 합니다."

"제네스코리아요? 제약회사? 그런데 이 시간에 무슨 일로⋯⋯."

제네스의 약품은 산부인과 전반에서 애용하는 메이커다. 전공의라면 모를 리가 없었다. 의사의 반응이 조금 누그러졌다.

"사실은 제가 이번에 은산병원을 새로 담당하게 돼서 인사차 진료실에 음료수를 놓고 나왔습니다. 의욕에 넘치다 보니 생각보다 일찍 와 버렸네요. 하하."

잘생긴 유빈이 멋쩍게 웃자 여의사의 표정이 한결 풀어졌다.

"아, 그랬군요. 저는 수상한 사람인가 했네요. 아침부터 고생 많네요."

"교수님이야말로 당직 서시느라 고생이 많으십니다. 여기 요구르트 하나 드세요. 그런데 교수님 성함이?"

"저는 교수님이 아니고요. 4년 차 레지던트예요. 유진희입니다."

오, 4년 차 레지던트면 곧 교수도 될 수 있는 위치였다. 혹시 의국장일지도.

자기소개를 하던 레지던트가 괜스레 머리를 만지작거

렸다. 유빈의 잘생긴 얼굴을 보자 밤을 새운 자신의 상태가 어떤지 이제야 깨달은 것이다. 그녀도 의사이기 전에 여자였다.

그녀의 심리를 파악한 유빈이 재빨리 자리를 피해 줬다.

"그럼 선생님. 다음에 의국에서 인사드리겠습니다. 힘내십시오."

"고마워요."

유빈은 병원을 나서면서 은산병원 데이터에 '유진희'를 추가했다.

교수는 아니지만, 의료진을 한 명이라도 더 알게 된 것은 수확이다. 누가 아는가. 저 선생님이 교수가 안 돼도 근처에 병원이라도 오픈할지.

"시작이 괜찮은데."

유빈은 은산병원과 걸어서 오 분 거리에 잇는 자취방으로 향했다.

저번 주 토요일에 회사에서 받은 흰색 아반떼가 주차장에서 유빈을 기다리고 있었다.

차 문을 열자 좋은 향기가 뿜어져 나왔다.

"흐음…… 향기 좋다."

아반떼는 주서윤이 쓰던 차였다. 주서윤이 마케팅으로 옮기면서 반납한 차가 유빈에게 넘어온 것이었다.

차 안에 은은하게 남아 있는 주서윤의 향수 냄새가 기분을 좋게 만들었다.

"자, 그럼 출발해 볼까. 반떼야, 앞으로 잘 부탁한다!"

💼

"여보, 어젯밤에 왜 그렇게 뒤척거렸어요?"

"아, 미안해. 나 때문에 잘 못 잤지?"

이혁 지점장은 아내가 차려 준 아침밥을 먹으며 벽에 걸린 시계를 확인했다.

조금 있으면 직원들의 출근 보고 전화가 올 시간이었다.

"뭐 고민이라도 있어요? 신입사원이 말을 잘 안 듣기라도 해요?"

"그런 거 아니야. 잘하고 있어."

"교육에서 1등 한 친구하고 수의사인 여자애가 들어왔다고 했죠?"

아내에게까지 이야기하고 싶지 않았지만, 사실 아내 말고는 고민을 털어놓을 상대도 없었다.

다행히 아내는 주제를 바꾸지 않고 계속 질문을 해 줬다.

"어어. 그게 사실은 말이지. 당신도 알잖아. 내가 지점장 되고 신입사원은 처음 받아 본 거라서 어떻게 해야 할지 고민이 되긴 해."

"뭐가 고민인데요?"

"아니, 그 1등 한 친구 있잖아. 김유빈이라고. 이 친구가 퇴근 보고할 때 꾸준히 열다섯 콜(의사를 방문한 횟수)을 한다고 보고하거든. 그런데 그게 쉬운 일이 아니란 말이지. 다른 직원들은 많이 해도 열둘, 열세 콜 정도인데 매일 열다섯 콜이라니."

"열심히 하나 보죠."

"나도 그렇게 믿고 싶은데, 이 친구가 신입답지 않게 디테일도 수준급이고 아무튼 능력이 있어. 그런데 보통 그런 친구가 성실하기가 쉽지 않잖아. 그렇지 않아?"

"당신 스스로 능력이 없다고 셀프디스하는 거예요? 당신은 성실 빼면 시체잖아요. 호호. 아무튼, 사람마다 다르기는 하겠지만, 그럴 가능성이 크긴 하죠."

"그렇지? 당신도 그렇게 생각하지? 하아. 그래서 말인데 진짜로 보고처럼 콜을 했는지 확인할까, 아니면 그냥 믿고 내버려 둘까? 내가 사원일 때 지점장님한테 당해 봐서 알잖아. 그 더러운 기분. 기습적으로 아침에 내가 담당하는 지역에 와서 삼십 분 만에 어디로 오라고 하지를 않나. 콜 수를 실제로 확인하지 않나. 당해 보면 정말 기분이 나쁘거든."

"음…… 그럼 이건 어때요? 요즘 회사에서 나눠 주는 거 뭐 없어요?"

이혁 지점장의 아내도 남편의 회사 일을 자주 듣다 보니 대충 제약회사가 어떻게 돌아가는지 알고 있었다.

"응? 뭐? 기믹? 책자? 음…… 마케팅에서 다음 주에 월경 전증후군 리플렛(소책자)을 나눠 준다고 하긴 했는데."

"그럼 그렇게 해요. 당신이 콜 하는 데마다 꼭 리플렛을 배치하라고 시켜요. 그리고 나중에 몰래 가서 확인해 보는 거예요. 병원에 다녀갔으면 그 리플렛이라고 했죠? 그게 대기실에 떡하고 있을 거 아니에요?"

"……그렇지!"

"그 신입한테 들키지만 않으면 지점장으로서 권위가 깎이지도 않고 미움도 안 받고 실제로 성실한지도 알 수 있잖아요."

"역시 여보야는 천재야! 이리 와 봐. 찐하게 뽀뽀해 줄게."

"저리 가요. 지현이가 봐요."

"하아, 하지만 다시 생각해 보니까 이렇게까지 해야 하나 싶다. 나도 사원일 때가 좋았어. 맘 놓고 영업만 하고 싶다."

"그런 소리 말아요. 지현이 이번에 피아노 학원 새로 들어가는 거 알죠?"

"알았어, 알았다고."

마침 유빈으로부터 출근 보고 전화가 왔다.

이혁 지점장의 눈빛이 아내와 대화할 때와 달리 날카로워졌다.

일주일 후.

"여기도 깔려 있군."

도봉구 오영은 산부인과 환자 대기실에서 월경전증후군 리플렛을 확인한 이혁 지점장은 조용히 병원 밖으로 나왔다.

아내의 조언에 따라 유빈의 거래처를 돌던 이혁 지점장이 고개를 갸우뚱거렸다.

유빈이 퇴근 때 보고한 콜 수보다 더 많은 병원에 리플렛이 배치되어 있었다.

'설마 콜 수를 줄여서 보고하지는 않겠지.'

말도 안 되는 생각에 고개를 흔든 이혁 지점장은 그래도 마음이 한결 편해짐을 느꼈다.

"귀신같은 녀석. 아무튼, 다행이네."

유빈이 농땡이를 치지 않고 열심히 다닌다는 사실을 두 눈으로 확인했기 때문이었다.

이혁 지점장의 마음속에 유빈에 대한 불신이 조금 사라졌다.

"여기까지 온 김에 이인규 교수님 좀 뵙고 갈까?"

학계의 오피니언 리더를 만나는 것도 지점장의 할 일 중 하나였다. 보통은 지역 담당자와 동행하지만 오늘은 그럴 상황은 아니었다.

이혁 지점장은 노원구에 있는 은산병원으로 차를 몰았다.

조금 있으면 진료가 끝나는 시간인데도 산부인과 대기실은 환자로 가득했다.

다행히 다른 회사의 MR은 없는 것 같았다.

앉을 자리가 없어 서 있던 이혁 지점장이 다른 책자와 함께 꽂혀 있는 월경전증후군 리플렛을 발견했다.

"허, 이 녀석 여기도 꼽아 놨네."

대학병원 대기실은 진료과에서 운영하는 클리닉과 관계없는 리플렛은 잘 배치를 하지 않았다.

지정된 진료 시간이 30분이 넘어서야 마지막 환자가 진료실에서 나왔다.

"어디서 오셨죠?"

이혁 지점장이 담당 간호사에게 다가갔다.

"제네스코리아입니다."

"제네스코리아요? 오전에 젊은 분이 다녀갔는데……."

'헉, 오전에 다녀갔구나. 마주칠 뻔했네.'

"아, 저는 지점장입니다."

"네……."

지점장이 뭔지 알 리 없는 간호사가 대충 고개를 끄덕이고는 진료실로 들어갔다가 바로 나왔다.

"들어가세요."

"교수님, 안녕하십니까? 제네스코리아 이혁 지점장입니다. 작년에 로마 폐경학회 때 장 본부장님과 같이 인사드렸었습니다."

"아, 이 지점장. 오랜만이요. 잘 지냈소?"

가운을 벗던 이인규 교수가 기억난다는 듯이 웃으며 자리에 앉았다.

"난 제네스라고 해서 그 김유빈이라는 친구가 또 온 줄 알았지. 앉으세요. 김유빈이가 이 지점장 부하 직원인가?"

"네, 맞습니다. 저희 팀 직원입니다."

"그렇구먼. 나 그 친구 참 맘에 들어요. 아주 열심히 해."

"그렇습니까? 좋게 봐 주셔서 감사합니다."

이혁 지점장은 부하 직원의 칭찬을 들어서 좋으면서도 동시에 혼란스러웠다.

이인규 교수가 누군가.

작년까지 대한폐경학회 회장이었던 거물급 오피니언 리더다. HT 쪽에서는 회사에서 첫 번째 키닥터로 꼽으며 매년 해외학회를 보내 줄 정도로 중요시하는 고객이다.

수많은 회사의 MR들이 이인규 교수에게 눈도장을 찍으려고 노력했다.

이혁 지점장도 몇 번 인사했지만, 이인규 교수는 이혁의 이름은커녕 얼굴도 잘 기억하지 못했다.

그런데 이제 한 달밖에 안 된 신입사원의 이름까지 기억하는 것도 모자라 칭찬까지 하다니.

"한 달 전부터 진료 전에 누가 요구르트를 계속 갖다놓는 거요. 나는 간호사가 가져다 놓는 줄 알고 고맙다고 했는데

자기들도 아니라고 하더군. 그래서 한동안은 누가 주는지도 모르고 마셨는데 나중에 레지던트 선생이 제네스 직원이 갖다 놓는다고 하더라고. 다른 교수한테도 물어보니 궁금해 했다고 그러더군. 허허."

"그런 일이 있었군요."

"그래서 전에 그 친구가 왔을 때 물어봤더니 이실직고하더라고. 하하. 그게 매일 아침에 우리 병원에 온다는 이야기이지 않소."

"하하하."

이혁 지점장은 그저 따라 웃을 수밖에 없었다.

김유빈 이 녀석, 나한테는 보고 한마디 없이 이런 일을 하다니.

예쁜 놈.

지점장이 보람을 느낄 때 중 하나가 거래처 고객이 부하직원을 칭찬할 때다.

그것도 이인규 교수는 보통 고객이 아니었다.

"다른 교수들도 이번 제네스 직원은 괜찮다고 얘기들 하더라고. 요구르트 때문만이 아니라 제품에 대해서도 잘 알고 있고, 필요한 자료도 바로바로 가져다준다고 하더군. 이 지점장이 잘 가르쳤나 봐."

"어이구, 아닙니다. 감사합니다."

"그 친구 나이도 젊은데 이상하게 이야기하다 보면 마음이 편해져. 그게 말이지, 나 정도 오래 병원에서 근무하다 보면 영업사원을 보면 대충 알거든. 괜찮은 친구도 단점이 한두 개씩은 보여. 그런데 김유빈이는 거슬리는 게 전혀 없어. 그 친구는 좀 오래 담당했으면 좋겠구먼.”

“그럴 겁니다.”

“그래요. 오늘 식사라도 하면 좋은데 선약이 있구먼. 다음에 김유빈이하고 한번 같이 와요.”

“알겠습니다. 교수님. 김유빈 씨한테 방문하라고 하겠습니다.”

이혁 지점장은 두근거리는 기분으로 은산병원을 나섰다. 3년간 지점장을 했지만, 이렇게 기분 좋은 콜은 처음이었다.

이혁 지점장이 전화기를 꺼내 버튼을 눌렀다.

그를 기분 좋게 만든 장본인이 전화를 받았다.

―제네스코리아 김유빈입니다.

“여보세요?

―네, 지점장님 말씀하십시오.

요 예쁜 녀석. 일도 잘하고 예의도 바르다. 목소리마저 예쁘게 들렸다.

“볼일이 있어서 노원구에 왔는데 아직 안 끝났나요?”

이혁 지점장은 일부러 아무 일도 없는 것처럼 차분하게 말을 했다.

―네, 지금 마지막 콜 하고 있습니다.

"어딘데?"

─강북구 써니힐병원 앞입니다.

"써니힐? 거기는 못 들어가잖아요."

─써니힐 사무장님이 내분비학회지를 요청하셔서 챙겨 왔습니다. 금방 끝날 것 같습니다.

"그러면 내가 그쪽으로 갈까요?"

─아닙니다. 어차피 집이 그쪽이니까 제가 빨리 마무리 짓고 가겠습니다."

"그래요. 그럼 와서 연락 주세요."

─네, 알겠습니다.

전화를 끊은 유빈이 한참 동안 전화기를 쳐다봤다.

지점장의 목소리가 평소와는 다르게 들떠 보였다. 평소 유빈과 통화할 때의 무뚝뚝한 말투가 아니었다.

"무슨 기분 좋은 일이라도 있나?"

고개를 갸웃거린 유빈이 써니힐 여성병원의 사무동으로 들어갔다.

사무실 안에는 네 명이 앉아 있었다.

하지만 문을 열고 들어간 유빈을 흘깃 보고는 아무런 반응 없이 하던 일만 계속했다.

'너희는 죽었다 깨어나도 영업은 못하겠다.'

뻘쭘할 만한 상황이었지만 아무렇지도 않게 신발을 실내

화로 갈아 신고 의자에 앉았다.

잠깐 기다리자 사무실 안의 작은 방문이 열리며 콧수염이 인상적인 남자가 나왔다.

"어디서 오셨나요?"

"안녕하세요. 제네스코리아 김유빈입니다. 사무장님이신가요?"

"아, 제네스. 그런데 무슨 일이죠?"

"……."

유빈을 제대로 보지도 않는 그가 대답조차 하지 않고 되레 질문을 했다.

부정하지 않는 걸 보니 어쨌든 사무장이 맞는 모양이었다.

"전 담당자한테 연락 주셔서 전달받았습니다. 요청하신 내분비학회지를 챙겨 왔습니다."

"아, 학회지. 담당이 바뀌셨나?"

"네, 김유빈입니다."

유빈이 종이가방에 든 내분비학회지와 함께 명함을 내밀었다.

"제네스는 명함이 참 예쁘네. 다음에 일이 있으면 또 연락 드리리다."

고맙다는 말도, 잘 가라는 인사도 없이 사무장이 방으로 다시 들어가려 했다.

병원 원장보다 까다로운 사무장을 몇 번 만나기는 했지만 이렇게 예의 없는 사람은 처음이었다.

예전 같았으면 분노가 끓어올랐겠지만, 유빈은 전혀 동요되지 않았다. 오히려 사무장이 애처롭게 느껴졌다.

집에서 무시당하고 대접을 받지 못하는 남자가 밖에서는 자기보다 약한 사람을 무시하는 경우가 많기 때문이었다.

일종의 보상 심리였다.

유빈은 티를 내지 않고 정중히 물었다.

"사무장님. 인사도 드릴 겸 제가 원장님을 뵙고 전해 드리면 안 될까요?"

발길을 돌리던 사무장의 얼굴이 딱딱하게 굳었다.

"우리 병원 원장님은 영업사원은 안 만납니다. 전 담당자한테 못 들었어요?"

물론 알고는 있었다.

"우리 쪽에서 먼저 연락하지 않으면 되도록 사무실에도 찾아오지 마세요. 제약회사 영업사원이 하도 들락날락해서 업무가 안 되니까."

"알겠습니다. 그럼 수고하십시오."

유빈은 사무장을 상대할 생각이 전혀 없었다.

MR이 상대해야 하는 것은 의료진이지 그 밑에서 일하는 직원이 아니었다.

'생각보다 영업사원을 싫어하는군.'

사무장이 저 정도면 대표원장도 MR에 대한 생각이 크게

다를 리 없었다.

철옹성처럼 보이는 고층의 회색 건물을 바라보며 유빈은 다시 한 번 거래처 자료를 확인했다.

'써니힐병원. 내가 첫발을 내디뎌 주마.'

유빈은 거래처 자료에 '내분비학회지 아홉 권 전달, 사무장 싸가지'라고 적었다.

"내분비학회지라…… 내분비학회지. 그래, 거기서부터 시작하면 되겠다."

유빈의 발걸음이 빨라졌다.

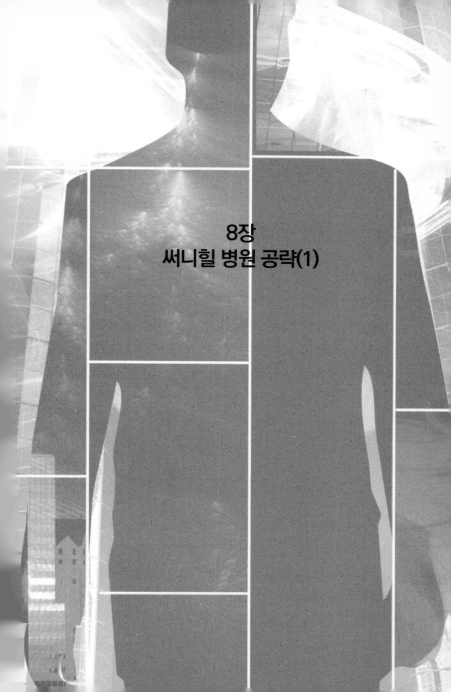

8장
써니힐 병원 공략(1)

백서제약 이동우 지점장은 기분이 좋지 않았다.

최근 두 달 사이에 유난히 실적이 하락한 지역이 확연하게 보였다.

화면에 DDD(도매상에서 약국으로 판매된 약품 집계)자료가 띄워져 있는 노트북을 거칠게 닫자 파워포인트 스크린 화면도 이동우 지점장의 얼굴색처럼 검게 변했다.

"노원구, 강북구, 의정부도…… 최한솔! 김철환! 너네 일은 똑바로 하는 거야!"

"……죄송합니다, 지점장님."

"특히 너, 최한솔. 한강대병원을 아주 말아잡수더니 다른 지역도 개판이잖아! 똑바로 안 해!"

"……."

'김유빈, 이 개자식! 그놈이 뭔가 수작을 부린 게 분명해. 그리고 지점장 이 자식은 나한테 왜 이리 지랄이야. 아빠한 테 확 일러 버릴까 보다.'

최한솔은 죽을 맛이었다.

노원구에서 가장 큰 비중을 차지하는 한강대병원에서 백서제약 제품은 거의 퇴출당하다시피 했다.

약품의 안전성에 대한 정보를 쉬쉬하고 제대로 전달하지 않은 탓에 디안트31은 아예 코드가 다른 약으로 교체되었다.

거기서 멈췄으면 다행이었겠지만, 괘씸죄로 항생제마저 다른 국내 회사 제품으로 바뀌었다.

이동우 지점장과 동행 방문도 해 봤지만, 교수들은 백서제약 직원은 아예 만나 주지조차 않았다.

그나마 꾸준히 시술이 있던 이바돈마저 최근 제네스의 엔젤로에 밀려 건수가 줄어들었다.

더 큰일인 것은 한강대병원에 이어 은산병원의 데이터도 하락 추세라는 점이었다. 결과적으로 그의 5월 DDD자료에 표시된 달성률은 50%가 채 되지 않았다.

"젠장, 달성율이 왜 이렇게 엉망이야! 김철환. 강북구, 도봉구에서도 실적이 감소했잖아. 무슨 문제라도 있어?"

"그게요. 지점장님. 이번에 새로 지역을 담당하게 된 제네스 직원이 무슨 짓을 하고 다니는지 이바돈 하고 디안트 점유율이 많이 떨어졌습니다."

"그래서? 그래서 어쩌라고! 경쟁사 직원이 잘해서 네 실적이 이 모양 이 꼴이라는 거야! 어이구, 내가 이런 놈들을 데리고 일을 하니 한 번도 상을 못 타지. 그래서 그 제네스 직원 얼굴은 보기는 했어? 남자야, 여자야?"

"……아직 얼굴은 못 봤는데 남자라고 합니다."

"써니힐병원은 어떻게 됐어? 네가 올해는 한 번 뚫어 본다고 했잖아. 써니힐만 뚫을 수 있으면 달성률 이백 퍼센트도 꿈이 아니야!"

"……저 일단 사무장하고 술자리를 마련하기로 했습니다만, 워낙 그쪽은 전례도 없고 철벽이라…… 하, 하지만 계속 시도해 보겠습니다."

이동우 지점장의 살기 어린 눈빛에 위축된 김철환이 공약을 남발했다.

이동우는 더 뭐라고 하려 했지만 마침 그의 핸드폰이 조용한 회의실을 울렸다.

화면을 보고 태도와 목소리가 백팔십도 달라진 이동우가 조심스럽게 전화를 받았다.

"여보세요. 아, 네. 본부장님. 아닙니다. 네네. 네, 죄송합니다. 네, 그 부분은 제가 직접 말씀드리겠습니다. 일시적으로 실적이 떨어진 것 같습니다. 네네. 지금 바로 가겠습니다."

전화를 끊은 그가 뒷목을 잡고 천장을 쳐다봤다.

"하아, X발. 야. 최 대리. 애들 똑바로 단속 안 해? 일하면서 사우나만 처 다니니까 실적이 이 모양이잖아!"

"……."

"본부장님한테 다녀와야 하니까 일단 지역 분석부터 다시 시키고 있어!"

"알겠습니다!"

이동우가 나가자 차석인 최 대리가 쌍심지를 켜고 둘을 쳐다봤다.

어제저녁 과음을 했지만, 새벽 세 시가 되자 어김없이 눈이 떠졌다.

옷에 배인 술자리의 냄새는 아직 가시지 않았지만, 숙취는 느낄 수가 없었다.

'지점장님이 왜 그렇게 기분이 좋으셨지?'

유빈은 세수하며 어젯밤 일을 떠올렸다.

이혁 지점장은 상계역 근처의 고급 참치 집으로 유빈을 데려갔다.

술이 한껏 오르자 지점장은 '영업은 이런 거다'라면서 성공담을 곁들인 장황한 썰을 푸시더니 갑자기 유빈의 어깨를 두 손으로 잡았다.

"유빈아, 내가 앞으로 말 놓을게. 내가 말이쥐. 정말 믿는 사람이 아니면 말을 안 놓아. 흐흐. 넌 정말 믿을 만한 놈이야."

한 달 조금 넘게 강북 2팀으로 일하면서 팀 회식도 하고 남자 직원들끼리 코가 삐뚤어지게 술도 마셨지만, 지점장의 이런 모습은 처음이었다.

무뚝뚝하게 보였던 지점장이 귀엽게 느껴졌다.

'나에 대해 무슨 이야기를 들으셨구나.'

노원구에 일이 있어서 오셨다는 것을 보니 느낌이 왔다.

새벽 수련을 마치고 몸을 다 씻은 유빈이 나갈 준비를 마쳤다.

어제 지점장에게 들은 이야기 중 꼭 필요했던 내용이 있었다.

유빈은 어제 지점장과의 대화를 떠올렸다.

"지점장님, 그런데 혹시 써니힐병원은 어디 대학병원으로 리퍼(refer, 로컬병원에서 해결하기 힘든 환자 등을 대학병원으로 보내는 것. 특히 산부인과에서는 출산이 어려운 산모를 보내는 경우도 포함됨) 보내는지 아세요?"

"써니힐병원? 음, 글쎄 잠깐만 기다려 봐요."

지점장이 누군가에게로 전화를 걸었다.

"어, 그래. 고맙다."

전화를 끊은 지점장이 바로 답변을 주었다.

"오랫동안 강북구 담당했던 친구인데, 은산병원으로 리퍼 보낸다고 하네요."

"은산병원이요?"

"가깝기도 가깝지만, 학연으로 연결되어 있나 봐요."

"아, 감사합니다."

"이제 일 이야기는 그만하고 술 마십시다."

"네, 지점장님. 한 잔 받으십시오."

지점장과의 대화를 곱씹은 유빈이 인터넷 검색으로 써니힐병원의 홈페이지에 들어갔다. 다행히 원하는 정보를 찾을 수 있었다.

써니힐병원의 여성 대표인 조수인 원장의 모교가 은산병원의 이인규 교수의 모교와 같았다.

'빙고.'

강북구에 있는 써니힐 여성병원은 산부인과 원장만 아홉 명에 내과와 소아청소년과까지 갖춘 대형 병원이다.

써니힐병원은 특히 MR 사이에서는 유명한데, MR의 출입을 철저히 통제하기 때문이다.

병원 내에는 보안요원까지 있어서 MR이 알짱거리다 걸려 잡상인 취급당하며 쫓겨난 경우도 있을 정도였다.

"연희야, 토요일에 불러내서 미안하다."

"아니야, 오빠. 그런데 여기 병원 환자 진짜 많다."

유빈과 황연희는 정장이 아닌 편안한 복장으로 써니힐병원의 대기실에 앉아 있었다.

산부인과 대기실에 앉아 있는 모습이 누가 봐도 영락없는 젊은 부부였다.

MR로서 일을 시작하고 두 달 동안 황연희는 유빈의 도움을 수없이 받았다.

강남팀으로 발령받아서 얼굴은 자주 볼 수 없었지만, 사소한 질문에서 병원 공략법까지 전화로 많은 것을 물어봤다.

그런데 이번에는 유빈이 황연희에게 도움을 청한 것이었다. 황연희는 주말임에도 한걸음에 강북구로 달려왔다.

"아고, 색시가 아주 예쁘네. 신랑도 잘생겼고. 아직 배가 안 나온 걸 보니 임신 초기인가 봐."

어디를 가나 있는 오지랖 넓은 아주머니가 황연희와 유빈을 연신 흘깃거리더니 슬쩍 말을 걸었다.

황연희의 얼굴이 홍당무처럼 빨개지고 유빈은 그저 미소를 지을 수밖에 없었다.

민망함에 고개를 돌린 유빈의 눈에 시장터 같은 대기실의 풍경이 들어왔다.

'진짜 환자가 많구나.'

자료가 아닌 실제로 써니힐병원의 캐파를 확인한 유빈의 두 눈이 빛났다.

　써니힐을 잘 공략한다면 목표치가 그다지 높지 않은 강북구가 전체 달성률을 높이는 데 효자 역할을 톡톡히 할 수 있었다.

　예약 없이 왔더니 대기 시간이 거의 한 시간이 다 되어 갔다.

　기다리는 와중에 유빈은 내부를 틈틈이 살폈다.

　여느 병원에 가면 흔히 볼 수 있는 책자가 하나도 보이지 않았다.

　"오빠, 나 다음이야."

　대기실의 전광판에 황연희의 이름이 떴다.

　"미안하다. 연희야, 이런 부탁을 해서."

　"오빠가 도와준 거에 비하면 아무것도 아니지 뭐. 조금 떨리기는 하는데 스파이 영화 찍는 것 같아서 재밌기도 해. 히히. 들어가서 유학생이라고 하고 피레논 처방해 달라고 하면 되는 거지?"

　"응. 그렇게 하고 의사가 어떻게 대답하는지 이야기해 주면 돼. 원장님 성함도 기억하고."

　"알았어. 옷! 내 차례다. 오빠, 기다리고 있어."

　귀엽게 양손으로 파이팅 포즈를 취한 황연희가 진료실로 들어갔다.

'언젠가는 연기가 아니라 진짜 아내와 같이 오겠지?'

황연희를 진료실에 들여보내고 유빈은 조금 묘한 기분이 되었다.

십 분이 채 안 돼서 그녀가 진료실 밖으로 나왔다. 약간은 상기된 모습이었다.

"고생했어. 일단 나가자."

"오빠, 처방전은 받아 가야지. 내가 오빠 실적 올려 줬으니까 맛있는 거 사 줘야 해. 히히."

"처방받았어?"

"응, 세 개 받았어. 그런데 좀 문제가 있어 보이기는 해."

황연희의 이야기를 들어 보니 정말로 문제가 있었다. 진료한 원장은 피레논에 대해서 아예 모르고 있었다.

"저, 유학생인데 피레논을 처방받을 수 있을까요?"

"피레논이요?"

중년의 여의사가 그게 뭐냐는 듯이 되물었다.

"……저, 피임약인데요. 유학하면서 미국에서 처방받고 있거든요. 우리나라에서는 가격이 반값이라고 해서 미국으로 돌아가기 전에 몇 개 사서 가려고요."

여의사의 반응에 살짝 당황했지만, 황연희는 유빈이 짜 준 시나리오대로 차근히 대답했다.

"피임약이요? 피레논은 처방해 본 적이 없는데 코드가 있

나? 어? 있네. 다른 선생님이 처방했나 보네요. 처방해 드릴
게요."

대략 요약하면 이런 식의 대화였다.

"오빠, 그런데 진짜 미국에서는 피레논이 비싸?"

"응, 검색해 보니까 오만 원 정도 하더라고. 우리나라는
이만 원 조금 넘으니까 반값도 안 되지. 연희 네가 담당하는
지역에서 유학원 근처에 산부인과가 있으면 원장님한테 슬
쩍 정보를 흘려 봐."

"우와, 오빠는 정말······."

감탄하는 황연희를 내버려 두고 유빈은 써니힐을 공략하
기 위한 퍼즐을 맞춰 갔다.

황연희와 점심을 먹고 헤어진 유빈은 지역 DDD 자료와
문전약국 약사에게 얻은 정보, 그리고 직접 확인한 사실을
토대로 써니힐병원을 분석했다.

써니힐병원의 약품 처방은 최근 트렌드하고는 완전히 동
떨어져 있었다.

대표원장의 폐쇄적인 정책으로 MR을 만나지도 않고 내분
비학회지를 요청하는 것으로 봐서 학회에도 잘 참석하지 않
는 게 분명했다.

분석을 마무리한 유빈이 은산병원으로 향했다.

"교수님, 혹시 강북구 써니힐병원 조수인 원장님 잘 아세요?"

진료가 없어 이인규 교수의 연구실로 찾아간 유빈은 평소와 같이 이야기를 하다가 슬쩍 질문을 던졌다.

콜을 할 때마다 오라의 힘으로 이인규 교수의 마음을 편하게 해 준 덕분에 그는 유빈과의 만남을 늘 반겼다.

"조수인 원장? 그럼, 내가 아끼는 학교 후배지. 그 친구는 왜?"

"아, 다름이 아니고 제가 듣기로는 써니힐병원에서 은산병원으로 리퍼를 보낸다고 들었습니다."

"음, 그렇지. 난산이 있거나 종양 케이스인 경우에 우리병원으로 보내고 있지."

"네. 사실은 제가 담당 MR로서 은산병원에 도움이 될 만한 게 없을까 생각하다 떠오른 아이디어가 있습니다. 혹시은산병원 교수님들하고 그쪽 병원 스태프가 식사 자리를 가진 적은 없으시죠?"

"그렇지. 그게 아무래도 서로 바쁘다 보니 힘들어. 연말에 한번 보자고 매번 이야기는 하는데 쉽지가 않아. 사람이란게 자주 얼굴도 보고 해야 하는데 어째 나이가 들수록 더 힘든지 모르겠어."

"워낙 교수님을 찾는 곳이 많아서 그렇죠."

"허허, 그런가? 아무튼, 아쉽긴 아쉬워."

"그래서 말인데요. 제가 자리를 한번 만들어 볼까 합니다."

유빈은 이인규 교수의 오라를 살피면서 조심스럽게 제안했다. 아무리 유대를 쌓았더라도 제안하는 것은 조심스러운 일이었다.

다행히 이인교 교수의 오라는 전혀 불쾌한 감정을 보이지 않았다. 오히려 흥미로운 듯 유빈에게 오라가 향했다.

"자네가?"

"네. 저희 쪽에서 식사 자리를 마련하려고 하는데, 교수님께서도 잘 아시겠지만, 그냥 식사만 할 수는 없고 짧은 강의라도 들어가야 회사 윤리 규정 쪽으로 문제가 없을 것 같습니다."

"무슨 말인지 알겠어. 식사 자리에 강의를 껴 넣자는 말이지?"

"네, 교수님께서 모임을 주도하시는 거로 하시면 은산병원 교수님들도 써니힐 선생님들도 기분 좋게 참석하실 것 같습니다."

"음, 좋은 생각이기는 한데 내가 주도하는 모임에 제네스 제품 강의를 껴 넣은 건 좀 그렇구먼."

"아, 그건 걱정 안 하셔도 됩니다. 저희 쪽 제품 강의가 아니라 은산병원 교수님 중 학회에서 발표하신 폐경 여성의 관리나 내분비 질환에 대한 최신 임상 연구를 강의해 주시면 써니힐병원에서도 좋아할 것 같습니다. 저희 쪽 제품을 굳이 강조해 주실 필요는 없습니다."

"허허, 자네는 이럴 때 보면 영업을 잘 못하는 것 같아. 식사 비용도 지급하면서 회사 제품 강의를 해야지. 괜찮겠어?"

"정말 괜찮습니다, 교수님. 이번 일은 어디까지나 은산병원과 교수님에게 도움이 되고 싶어서 진행하는 일입니다."

이인규 교수는 유빈의 확답에 의외라는 듯이 그를 쳐다봤다.

그가 지금까지 만난 수많은 MR은 예외 없이 기회만 되면 회사 제품을 홍보하려고 했다.

애초에 이인규 교수가 유빈에게 호감이 가게 된 것도 같은 맥락이었다.

다른 회사의 MR도 방문할 때마다 유빈처럼 음료수나 사탕을 가져다줬었다. 하지만 그들은 작은 음료수 하나에도 제품 스티커를 붙여서 자리에 놓았다.

어떻게든 자신을 드러내고 제품을 홍보하려는 그들의 마음도 한편으로는 이해가 갔지만, 불편한 것은 사실이었다.

하지만 유빈은 달랐다.

그는 요구르트에 스티커를 붙이지 않을뿐더러 물어보기 전에는 자기가 가져다 놓은 것이라고 말하지도 않았다.

지금도 마찬가지였다.

이인규 교수는 그런 유빈을 좋아하지 않을 수 없었다.

"흐음. 제네스 제품 강의가 안 들어간다면 문제 될 건 없겠구먼."

유빈과의 대화를 마친 이인규 교수는 곧바로 조수인 원장에게 직접 전화를 했다.

조수인 원장은 학계에서 영향력 있는 학교 선배이면서 리퍼를 보내는 대학병원의 수장인 이인규 교수의 제안을 거절할 이유가 없었다.

매번 연말에 선물을 보내면서도 사실 제대로 인사를 못해 늘 걸려 하던 일이었다.

게다가 최신 임상에 대한 강의도 껴 있으니 바빠서 학회에 잘 참석하지 못하는 그녀로서는 너무나 좋은 기회였다.

"장소가 정해지면 말해 주게나."

"알겠습니다. 교수님. 흔쾌히 허락해 주셔서 감사합니다."

"무슨 소린가. 이렇게 좋은 자리를 마련해 줬는데 내가 고마워해야지. 이번에 모임이 잘 마무리되면 밥이나 한번 먹게나. 내가 사지."

"아닙니다. 감사합니다. 교수님. 그럼 장소가 정해지는 대로 다시 방문하겠습니다."

"그래요. 조 원장한테는 내가 말해 놨으니까 가 보면 될거야."

"네, 알겠습니다."

일이 일사천리로 풀리는 듯했지만, 역시 써니힐병원은 만만치 않았다.

이인규 교수의 대리자로 온 사람이 MR이란 걸 들은 조수인 원장은 유빈을 만나지 않고 사무장에게 대신 조율을 일임했다.

다만, 무슨 언질을 줬는지 전에 방문했을 때와는 유빈을 대하는 사무장의 태도가 딴판이었다.

그는 유빈이 오자 커피까지 내오며 반갑게 맞이했다.

"흐음, 공동 세미나란 말이죠? 참석 인원은 어떻게 됩니까?"

사무장은 마주 앉아 있는 유빈을 조심스럽게 살폈다. 며칠 전에 왔을 때만 해도 그저 수많은 제약회사 영업사원 중 한 명이라고 생각했다.

그런데 무슨 마법을 부렸는지 대표원장으로부터 눈앞의 영업사원을 신중히 대하라는 오더까지 내려왔다.

웬만하면 은산병원에서 진행하는 대로 맞추라는 이야기도 빼먹지 않았다.

"은산병원에서는 교수님 일곱 분과 레지던트 4년 차 두 분이 참석하실 겁니다. 써니힐병원에서는 산부인과 원장님 아홉 분만 참석해 주시면 될 것 같습니다."

"원장님만요……."

사무장의 얼굴이 약간 일그러졌다.

사무장의 마음은 이미 알아챘지만, 유빈은 모른 척하고 말을 이어 갔다.

"은산병원 이인규 교수님이 주최하는 공동 세미나로 진행될 예정이라 직원분 참석은 어렵습니다."

"크흠……."

"……하지만 행정 일을 책임지고 있는 사무장님은 참석하셔야죠."

"아, 그래도 됩니까?"

사무장의 얼굴에 화색이 돌았다. 그로서는 이런 중요한 행사에 빠질 수 없었다.

유빈도 사무장이 마음에 들지는 않았지만, 굳이 척을 질 필요는 없었다.

"사무장님까지만 참석하면 괜찮을 것 같습니다. 장소는 노원구 만리향으로 하려고 합니다. 스무 분이 식사할 수 있는 독립된 세미나실이 있고 코스 가격도 적당해서 저희 쪽에도 덜 부담이 될 것 같습니다."

"만리향 괜찮죠. 음, 그럼 날짜는 19일로 하고 변동 사항이 있으면 서로 연락하면 되겠군요."

"써니힐 사무동으로 연락하면 될까요?"

"어, 내 정신 좀 봐. 제가 명함 안 줬죠? 여기 번호로 전화하면 됩니다."

"감사합니다. 제 명함은 가지고 계시죠?"

"어. 그게…… 미안한데 다시 좀 주면 안 될까요?"

별로 덥지도 않은데 사무장의 이마에 땀이 맺혔다.

주말을 보내고 월요일. 유빈은 반떼를 몰고 삼성동 본사로 향했다.

월요일은 주말 동안 병원에 가지 못한 환자들이 몰리는 날이기 때문에 고객을 만나기가 쉽지 않은 날이다.

그런 연유로 대부분 팀이 월요일에 본사로 들어갔다.

"자, DDD 분석은 어느 정도 됐네요. 경아 씨는 성동구를 조금 더 신경 써 주세요. 정호 씨는 종로구에서 처방이 잘 나오기는 하지만 유지할 생각하지 말고 한 단계 도약할 방안을 생각해 보세요."

"알겠습니다."

이혁 지점장의 말에 두 사람이 고개를 끄덕였다.

"그리고 김유빈은 음, 모든 지역에서 전달보다 십 퍼센트 가까이 점유율이 상승했네? 잘하고 있으니까 계속 힘내고."

"네."

선배들이 대단하다는 듯이 유빈을 보며 고개를 끄덕였다.

"이제 일 시작한 지 두 달밖에 안 되었는데 점유율이 상승한 거라면 전 담당자가 잘해 놓은 거 아닌가."

작게 말했지만 모든 사람이 들을 수 있는 정도였다.

좋은 분위기에 꼭 이렇게 초를 치는 사람이 있다. 유빈의 바로 전 기수로 들어온 홍정호 선배였다.

홍정호는 올해 유빈에게 도봉구와 강북구를 인수인계해 주고 성북구와 종로구 등 소위 말하는 꿀지역을 맡았다.

그런 만큼 의욕적으로 영업하고는 있지만, 아직 가시적인 성과는 보이지 않는 상태였다.

'전임자가 잘해 놓았다는 말은 자기가 잘했다는 거야? 어쩜 저렇게 얼굴이 두꺼울까.'

말은 안 해도 팀원 전부가 속으로 혀를 찼다.

하지만 유빈은 아무렇지도 않았다.

'마음에 들지 않는다고 속마음을 표현할 정도의 하수라면 상대할 필요가 없지. 제네스는 초일류지만 그 안에서 일하는 사람 전부가 일류라는 법은 없으니까.'

유빈의 그런 모습에 미소를 지은 이혁 지점장이 회의를 이어 갔다.

"그럼, 위클리 플랜을 발표해 볼까요? 장 대리부터 하지."

매주 회의 때마다 DDD 분석과 함께 주간 계획을 발표했다. 후배는 선배의 노하우를 배울 수 있고 선배 또한 후배의 신선한 아이디어를 들을 기회였다.

이혁 지점장의 강북 2팀 팀원은 총 다섯 명이었다.

입사 8년 차인 장형우 대리, 곰처럼 덩치도 크고 우직한 타입이었다.

그 밑으로는 최정미 주임. 조금은 신경질적으로 보이는 인상이었지만 이야기해 보면 따뜻한 사람이었다.

주서윤과 동기인 입사 2년 차 홍정호와 이번에 새로 팀에 합류한 신입사원 김유빈과 서경아가 나머지 구성원이었다.

"······점심시간을 이용해 간호사를 대상으로 엔젤로 제품 설명과 시연회를 열 계획입니다."

서경아는 신입사원답게 여러 가지 방법을 찾고 있었다. 발표를 마친 그녀가 지점장의 반응을 살폈다.

"음, 그래요. 좋은 기획입니다. 잘 진행해 보세요. 단, 간호사를 대상으로 하는 세미나도 좋지만, 처방을 결정하는 사람도, 실제로 시술하는 사람도 의사라는 것을 잊지 마세요. 수고했어요."

"네."

긍정적인 답변에 서경아의 표정이 밝아졌다.

서경아가 발표를 마치자 이혁 지점장이 코멘트를 해 줬다.

"서경아 씨한테 코멘트 해 주실 분? 없으면 다음 김유빈."

선배들은 주간 계획에 제품 설명회 말고는 특별한 것이 없었다. 그나마 서경아의 기획이 신선한 편이었다.

"이번 달에는 노원구와 강북구에 있는 거래처 콜에 집중할 계획입니다. 그리고 이번 주 금요일에 노원구 은산병원과 써니힐병원의 공동세미나 자리를 마련했습니다."

유빈이 담담하게 주간 계획을 발표했다.

"써니힐병원?"

지점장이 반응하기도 전에 홍정호가 깜짝 놀라 소리를 질렀다. 옆에 앉아 있던 최정미가 깜짝 놀랄 정도의 목소리였다.

"네."

"강북구의 그 써니힐병원?"

못 믿겠는지 홍정호는 고장 난 레코드처럼 한 말을 반복했다.

"네. 그런데요."

"말도 안 돼."

다른 팀원은 그 의미를 잘 몰랐지만, 유빈 전에 강북구를 담당했던 홍정호는 놀라 입만 뻐금거렸다.

"김유빈, 공동세미나라는 게 정확히 무슨 이야기야?"

이혁 지점장도 흥분한 모습이 역력했지만, 감정을 억누르고 차근차근히 물어봤다.

"말씀 드린 대로 공동 세미나입니다. 은산병원 교수님 두 분께서 강의할 예정입니다. 강의 후에 식사하기로 했습니다."

단순한 세미나가 아니었지만, 유빈은 그가 뒤에서 작업한 내용을 일일이 설명할 필요를 느끼지 못했다.

다른 팀원들에게도 노력이 아니라 운이 좋아서 세미나를 잡게 되었다는 인상을 주려 했다. 송곳이 너무 튀어나오면 옆 사람을 찌를 수 있기 때문이다.

"잠깐만, 교수님이 강의하신다고?"

"네, HT 쪽으로는 폐경 여성의 치료, OC 쪽으로는 내분비질환의 최신 임상 연구라는 주제로 강의가 정해졌습니다."

"흠, 올해 초에 있었던 내분비학회 강연 하고 같네?"

이혁 지점장의 흥분이 조금 가라앉았다. 유빈이 마련한 자리는 그의 말대로 일반적인 세미나였지 제네스 제품 설명회가 아니었기 때문이다.

하지만 그렇다고 유빈이 이뤄 낸 일 자체를 평가절하할 필요는 없었다.

써니힐병원은 지금까지 난공불락을 자랑하던 곳이다.

그런 병원의 스태프를 직접 만날 수 있다는 것만으로도 충분히 큰 성과라고 할 수 있었다.

유빈은 그런 이혁 지점장의 감정을 바로 읽어 냈다. 사실 유빈 입장에서는 오히려 다행이었다. 괜히 큰 기대감을 심어 줄 필요가 없었다.

"피임약의 치료적 용법에 관한 내용이 강의 내용에 많이 포함되어 있고, 폐경 여성의 치료를 강의해 주실 고영진 교수님도 젤레크에 호의적인 분이셔서 제품 설명회만큼은 아니어도 효과는 있을 것 같습니다."

"제품 설명회가 아니라 아쉽기는 하지만…… 우리 쪽에서
는 누가 참석하나?"

"일단 지점장님과 저만 말씀드렸습니다."

"그래? 주요 닥터가 스무 분이나 참석할 예정이고 이인규
교수님이 관련된 세미나라면 본부장님도 참석하고 싶어 하
실 것 같은데."

유빈과 이혁 지점장의 대화가 이어지는 사이, 최정미가 홍
정호의 어깨를 살짝 쳤다. 그녀는 이혁 지점장과 일 년을 넘
게 일했지만, 오늘과 같이 흥분한 지점장의 모습은 처음이
었다.

"써니힐병원이 어디야? 큰 병원이야?"

"강북구에 있는 여성전문병원이에요. 개원한 지 십 년 정
도 되었는데, 한마디로 말하면 써니힐에서만 처방이 잘 나오
면 강북구에 있는 나머지 병원은 다 버려도 달성률이 백 퍼
센트 넘게 나올 거예요."

"에? 그 정도야?"

"네. 그런데 원장이 MR을 아예 안 만나서 강북구 담당자
들 사이에서는 로또 병원이라고 불려요."

"로또 병원? 호호, 웃긴다. 왜?"

"분명히 지역 안에 로또 1등은 있는데 당첨될 확률이 벼락
에 맞을 확률보다 낮으니까요. 써니힐병원만 뚫으면 로또 1

등이나 다름없다는 얘기죠. 지금까지 수많은 제약회사의 수많은 지역 담당자가 당첨되기 위해서 노력했지만, 다 꽝이었죠."

"정호 씨도?"

"……네. 저도요."

대답하는 홍정호의 얼굴이 사정없이 구겨졌다.

사실 따지고 보면 그냥 세미나일 뿐인데 갑자기 자신이 무능력해 보이는 그림이 된다. 역시 처음부터 기분 나쁜 놈이라고 생각했던 자신이 옳았다.

하지만 동시에 어떻게 유빈이 그 난공불락의 써니힐병원을 뚫었는지 의아했다.

'그 재수 없는 사무장을 구워삶은 건가? 아니야. 그런 거라면 나도 밥을 몇 번이나 샀는데.'

홍정호의 사나운 눈빛이 이혁 지점장과 대화하고 있는 유빈을 향했다.

홍정호가 어떤 감정인지 전혀 상관없다는 듯 최정미의 목소리 톤이 높아졌다.

"그러니까 그런 중요한 병원을 지금 김유빈 씨가 뚫었다는 이야기야? 어머, 1등 당첨됐네."

"흥, 신입사원이 뭘 했겠습니까? 운이 좋았겠죠. 게다가 1등 당첨일지, 2등 당첨일지는 아직 모르는 이야기고요."

홍정호의 질시하는 투가 역력했기에 최정미는 왈칵 나온

말을 속을 삼켰다. 그녀의 입꼬리가 슬쩍 올라갔다.

'로또가 그럼 운이지 뭐니. 그리고 1등이든 2등이든 어쨌든 당첨은 당첨이잖아.'

그러는 사이, 유빈과 이혁 지점장의 대화는 마무리 단계에 들어섰다.

"자세한 이야기는 조금 있다가 다시 하고, 오늘 회의는 여기서 마무리하지. 나는 김유빈하고 본부장님한테 세미나 건에 대해서 보고하러 갈 테니까 장 대리는 먼저 나머지 팀원 데리고 점심 먹고 와."

"알겠습니다, 지점장님."

팀원들이 회의실에서 나가자 이혁 지점장은 유빈의 맞은편 자리에 앉아 그를 가만히 바라보았다.

아무리 생각해도 이건 아까운 기회였다. 어렵게 만들어진 자리인데 제네스 제품에 대해 하나도 소개하지 못한다면 너무 아쉬운 일이었다.

"유빈아."

"네, 지점장님."

"근데 강의 하나 정도는 우리 쪽에서 해야 하는 거 아니야? 이런 절호의 기회에 제품 설명회가 빠지면 안 되지."

이혁이 보기에 유빈이 잘하고는 있지만, 경험이 부족한 것도 사실이었다. 무리해서라도 이런 경우에는 제품 설명회를 곁들여야 했다.

'역시 그렇게 생각하시는구나.'

당연하다.

어떤 영업사원도 이렇게 생각하는 게 당연했다. 예전 백서 제약 때의 유빈이었더라도 지금의 행동을 이해하지 못할 게 분명했다.

주요 인사들이 참석하는 자리를 어렵게 만들었는데 제네스 제품 설명의 기회를 조금도 갖지 못하는 건 막말로 그런 자리를 뭐 하러 만들었는가와 동일한 이야기다.

하지만 유빈은 믿었다. 자신의 판단이 반드시 결과로 돌아올 것이라는걸.

"지점장님."

"왜? 말해 봐."

"저 한번만 믿어 보십시오."

"나 너 믿어. 말도 놓았잖아."

"그게 아니고요. 사실 이번 공동세미나는 단지 포석일 뿐입니다."

"포석?"

이혁 지점장은 확신에 차 있는 유빈의 눈을 또렷이 응시했다.

입사한 지 얼마 되지도 않은 신입이 키닥터 포함 스무 명 이상의 고객이 참석하고 백만 원 이상 법인카드를 긁어야 할 세미나를 단지 포석이라고 이야기하고 있다.

배짱이 좋다고 해야 할지. 아무 생각이 없다고 해야 할지.

하지만 왠지 응원하고 싶은 마음이 들었다.

한참 동안 고민하던 이혁 지점장은 미소를 지었다.

"휴, 좋아. 네가 아무 생각 없이 일을 벌일 녀석이 아니니까."

"감사합니다, 지점장님."

지점장이라면 당연히 그런 생각을 할 만했다. 속이 좁은 지점장이라면 신입이 이렇게 나대는 걸 가만히 두지 않을 것이다.

그런 면에서 유빈은 스스로 운이 좋다고 생각했다.

어떤 회사를 가든 중요한 것 중 하나가 어떤 상사를 만나느냐는 것이다.

처음의 딱딱했던 인상과 달리 이혁 지점장은 생각하는 방식이 유연했다. 게다가 무슨 이야기를 들었는지 유빈을 믿는 모습이었다.

유빈도 그런 이혁 지점장에게 신뢰와 함께 정이 갔다.

"실망시켜 드리지 않겠습니다. 그런 의미에서 본부장님이 참석하는 것은 지점장님이 막아주십시오. 이번 세미나에서는 우리 회사의 존재감을 최대한 드러나지 않는 것이 관건입니다."

"난 네가 도대체 무슨 생각을 하고 있는지 모르겠다. 그래도 일단 믿기로 했으니 본부장님은 나한테 맡겨. 바짓가랑이라도 잡을 테니까."

이혁 지점장과 유빈은 바로 자리를 옮겨 장결희 본부장을 만났다.

"오호, 은산병원과 써니힐병원의 공동세미나라. 대학병원이 로컬병원과 공동세미나를 하는 것은 처음 들어 봤군. 게다가 써니힐병원이라니. 어떻게 연결한 거예요?"

생각지도 못한 소식에 장결희 본부장은 이혁 지점장과 유빈에게 시선을 던졌다.

써니힐병원 원장이라면 장결희 본부장도 병원에서는 만나 본 적이 없다. 그저 학회에서 몇 번 보고 인사한 게 전부다.

그것뿐인가?

이 세미나를 그 꼬장꼬장한 이인규 교수가 신입사원에 불과한 유빈의 부탁을 들어준 것이란다.

듣고도 믿기지 않은 이야기에 장결희 본부장은 자신의 뺨이라도 한 대 때려 보고 싶었다.

"지점장님이 팁을 주셔서 이리저리 알아보다 보니 운 좋게 성사시켰습니다."

"아닙니다. 본부장님. 제가 한 일은 아무것도 없습니다.

다 김유빈 씨가 진행한 일입니다."

유빈과 이혁 지점장은 서로에게 공을 돌렸다. 물론 아직 성과로 이어진 공은 아니었지만, 충분히 보기 좋은 모습이었다.

"하하. 지점장과 직원이 이렇게 돈독하다니. 이 지점장, 부럽습니다."

장결희 본부장이 새삼스럽게 유빈을 쳐다봤다.

입사 때부터 보통 녀석이 아니라고 생각을 하기는 했지만, 이렇게 빨리 두각을 드러내리라고는 생각 못 했다.

무엇보다 이혁 지점장의 유빈을 신뢰하는 모습을 보이는 것도 놀라웠다.

처음에는 못 미더워 하는 것 같아 약간 걱정스러워 했는데 지금 보니 누구보다 유빈을 믿는 것같이 보였다.

장결희 본부장은 그게 더 대단하게 느껴졌다. 이혁 지점장은 부하 직원을 쉽게 인정하는 사람이 아니었기 때문이었다.

"그건 그렇고 나도 참석해야겠는데요. 이인규 교수님도 오시니까."

이혁 지점장이 침을 꿀떡 삼켰다. 이제 그는 장결희 본부장의 참석을 말려야 한다.

'올 게 왔구나. 막상 못 오게 하려니까 떨리는데. 유빈이 때문에 괜히 본부장님한테 찍히는 건 아니겠지. 에이, 모르겠다. 약속은 약속이니까 남아일언 중천금이다!'

유빈은 그런 이혁 지점장을 보며 싱긋 웃고는 고개를 숙였다.

"그럼 저는 이만 나가 보겠습니다."

"유빈 씨!"

본부장실을 나온 유빈이 통로를 지나가는데 낯익은 부드러운 목소리가 유빈을 불러 세웠다.

주서윤이었다.

그러고 보니 마케팅팀은 본부장실 바로 옆에 붙어 있었다.

OJT할 때와는 달리 화사하고 캐쥬얼한 옷을 입은 주서윤이 미소와 함께 서 있었다. 정장을 입었을 때도 예뻤지만, 오늘은 눈이 부실 정도였다.

단지, 조금은 얼굴이 조금 푸석한 게 피곤함이 엿보였다.

"선배님, 안녕하세요. 오랜만이네요."

"얼굴 보기가 왜 그렇게 힘들어요? 회의 때 들어와도 이쪽으로는 얼씬도 안 하고."

투정 부리는 모습마저 귀여운 주서윤이었다.

유빈은 자신도 모르게 미소를 설핏 지었다.

"휴게실에서 차 한잔 하실래요?"

"좋아요! 안 그래도 탈출이 필요했어요."

주서윤이 부장님의 눈치를 보며 뒷부분을 조그마한 목소리로 속삭였다.

휴게실로 자리를 옮긴 유빈이 녹차 티백이 들어간 머그컵을 주서윤에게 건넸다.

"마케팅 일은 할 만해요?"

"죽겠어요. 마케팅이 힘든 줄은 알았지만…… 하루에 다섯 시간밖에 못 자요. 얼굴 좀 보세요. 엉망이죠?"

"선배님 얼굴이 엉망이면 저를 포함한 평범이들은 어떻게 삽니까?"

"어머, 유빈 씨. 아부가 늘었네요. 역시 영업사원은 다르군요. 저한테도 영업하는 거예요? 호호."

"다른 분들에 비해 영업을 오래하지 않았지만, 영업은 뭔가를 얻어 낼 게 있어야 하는 겁니다. 제가 선배님한테 얻어 낼 게 뭐가 있겠습니까?"

말은 그렇게 했지만, 사실 유빈보다 영업 경험이 긴 사람은 없었다. 그는 전생에서 수십 년간 영업을 한 사람이었다.

전생의 유빈이 죽기 전에 깨달은 것이 있었다. 영업은 진실 된 마음으로 상대방을 도와주려 할 때 최고의 결과가 나온다는 것이었다.

유빈은 그 소중한 깨달음과 함께 영업을 했다.

그리고 그에 대한 결과가 조금씩 나오고 있었다.

"역시. 이제는 진실성을 강조하는군요. 제법이에요. 호호. 그리고 얻어 낼 게 왜 없어요?"

유빈은 주서윤과의 대화가 즐거웠다.

선천적으로 여자와의 대화에는 소질이 없던 그였다. 한데 OJT 때도 그랬지만, 주서윤과 이야기하면 대화가 끊이지 않았다.

"글쎄요……."

"남자가 여자한테 얻어 낼 게 뭐가 있겠어요. 마음이죠."

"마음이요?"

유빈은 미소를 지으며 주서윤을 바라보았다. 그녀의 말뜻이 궁금했다. 정말 마음을 한번 빼앗아 보라는 건지 그냥 아무 의미 없는 말인지 알고 싶었다.

유빈의 시선에 주서윤은 살짝 고개를 숙였다. 숙인 그녀의 얼굴은 사과보다 붉어져 있었다.

'어머, 내가 미쳤나 봐. 주서윤. 주책이다, 주책! 유빈 씨 표정 좀 봐.'

주서윤은 마음을 다잡고 다시 고개를 들었다.

"흠흠, 그건 그렇고 이번 달 DDD 봤어요. 점유율이 많이 올랐던데요?"

"전 담당자가 잘해 놓아서 그런 거겠죠. 그런 의미에서 고맙습니다, 선배님."

"이거 봐요. 유빈 씨는 타고난 영업사원 같아요. 에고, 잠을 못 잤다니 온몸이 결리네요. 한 시간만 푹 잤으면 소원이 없겠어요."

주서윤이 기지개를 켰다.

그 순간, 유빈이 자신의 힘을 개방했다. 서서히 유빈의 몸 근처로부터 하얀 오라가 주서윤 쪽으로 퍼져 나갔다.

요즘 들어 오라의 힘을 자주 느끼던 유빈이었다.

주서윤 같은 극도의 피곤함에는 어떤 결과가 나올지 궁금했다.

"그런데 본부장님은 왜 만난 거예요?"

"세미나 때문입니다. 은산병원하고 써니힐병원 공동으로 진행하는 건이라 지점장님과 함께 본부장님에게 보고 드렸습니다.

"어머, 그래요? 우와. 대박이네요. 제품 프레젠테이션도 하나요?"

주서윤의 안 그래도 큰 눈이 동그래졌다.

"아닙니다. 강의는 교수님이 하기로 했습니다."

"그렇군요. 그래도 그게 어디예요."

"네. 음, 뭐 챙겨야 할 만한 게 있을까요?"

주서윤은 2년 동안 은산병원을 담당했다. 아무래도 유빈이 아는 것보다 훨씬 많은 정보가 있을 게 분명했다. 유빈은 바로 그 점을 기대하고 있었다.

"글쎄요. 세미나 저녁에 하는 거죠? 써니힐병원 스태프들은 진료 끝내고 오는 거라 피곤하겠어요. 제 경험상 선생님들이 피곤하면 제품설명회가 잘 안 되더라고요."

"……그렇겠네요."

굉장히 좋은 지적이었다. 영업할 대상을 모아 놓고 자신의 판단대로 영업할 생각만 했지, 영업 대상의 상황은 고려하지 못했다.

아무리 의사라도 사람은 모두가 비슷하다. 일을 끝마치고 나면 편히 쉬고 싶어 하는 게 인지상정이다. 이럴 때는 일반적으로 접근하면 안 된다.

유빈은 주서윤에게 물어보길 잘했다는 생각이 들었다. 이제라도 대응 방법을 찾아야 한다.

"다음에 큰 세미나 있으면 마케팅에도 말씀해 주세요. 제가 풀로 서포팅 해 줄게요."

"말만으로도 고맙습니다."

"아니, 진짜로요. 근데 이상하네요. 유빈 씨하고 대화하다 보니까 몸이 개운해졌어요. 푹 잔 것 같은 기분이에요."

주서윤은 정말 좋아졌는지 표정이 한결 개운했다.

단시간에 일어난 변화였기에 유빈도 얼떨떨한 느낌이 들었다.

'푹 잔 것 같은 기분이라고? 오라에 그 정도 효과가 있었나?'

유빈은 주서윤의 얼굴을 찬찬히 살펴보다가 그녀의 오라도 살폈다. 좋은 색깔이 났다. 처음 만났을 때와는 비교도 할 수 없는 색깔이었다.

한순간 고민하던 유빈의 표정이 대번 밝아졌다.

"저야말로 고맙습니다."

"네? 뭐가요?"

주서윤은 어리둥절할 뿐이었다. 그녀의 마음과 반대로 유빈은 씩 웃어주었다.

만리향은 노원구에 있는 이십 년 이상의 역사를 가지고 있는 중국 요릿집이다.

청나라 궁중 요리사의 비법이 어린 베이징덕, 전병 등의 북경 요리, 마파두부로 대표되는 매운 사천 요리, 기름을 적게 사용해 담백한 불도장, 팔보채 등의 광동 요리, 그리고 게 볶음, 생선찜 등 상해 요리까지 중국의 4대 요리를 모두 맛볼 수 있는 식당이다.

식당은 오래되었지만, 전통적인 멋을 잘 살린 인테리어와 리노베이션을 통해 고객이 모든 조리 과정을 볼 수 있는 오픈 키친이 인상적이다.

맛있는 음식에, 다양한 크기의 독립되어 있는 방이 갖춰져 있어 세미나 장소로 많이 활용되는 식당이기도 하다.

"흐음, 냄새 죽이네요."

수련을 통해 음식에 대한 욕망이 거의 사라졌지만, 만리향을 가득 채우고 있는 향기는 끊임없이 유빈의 식욕 중추를 자극했다.

"유빈아, 너는 긴장도 안 되냐? 아직 아무도 안 오셨지?"

진득하게 앉아 있는 유빈에 비해 이혁은 계속 만리향의 입구 방향을 흘깃거렸다.

"지점장님, 세미나 한두 번 해보신 것도 아니신데 왜 그러세요."

"몰라. 나는 이상하게 내가 세미나를 할 때는 안 떨리는데 내 팀원이 하면 그렇게 떨리더라고. 거기 물 한 잔만 주라."

일반적인 세미나라면 영업의 베테랑인 이혁이 긴장할 리가 없었다. 하지만 이번 같은 경우는 그도 처음 경험해 보는 종류의 세미나였다.

두 지역의 대표적인 에이급 병원이 함께 모이다 보니 잘만 되면 홍정호의 말처럼 로또 당첨도 기대해 볼 수 있었다.

기대가 크다 보니 긴장되는 건 어쩔 수 없었다.

"걱정 마세요. 다 잘될 겁니다."

"그래그래. 그런데 펜은 왜 회사 기밉으로 안 챙겨 온 거야?"

유빈은 강의 때 사용할 수 있도록 미리 테이블 위에 펜과 노트를 세팅해 놓았다.

보통 세미나라면 제네스 제품이 새겨져 있는 펜을 사용했겠지만, 유빈은 그러지 않았다.

"세미나를 제약회사가 후원한다는 사실을 최대한 감추려고 그랬습니다."

"하아, 나는 여전히 이해가 안 된다."

유빈이 하는 일은 제약회사 영업 상식과 완전히 반대되는 것이었다.

처음부터 믿어 주기로 결심한 터라 유빈의 방식에 뭐라고 할 생각은 없었지만, 목이 간질거리는 것은 어쩔 수 없었다.

"엇, 저기 오시네요."

유빈의 말대로 써니힐병원의 사무장을 필두로 사람들이 줄줄이 들어왔다.

"아, 김유빈 씨."

사무장이 서서 기다리고 있는 유빈을 발견하고는 먼저 아는 척을 했다.

사무장과 인사를 했지만, 유빈의 신경은 사무장의 바로 뒤에 서 있는 사람에게로 쏠렸다. 바로 이번 세미나의 주요 타겟이었다.

유빈은 홈페이지에서 얼굴을 봤기 때문에 보자마자 상대가 써니힐병원의 조수인 대표원장이라는 것을 알 수 있었다.

"이렇게 자리를 마련해 주셔서 감사합니다."

말은 고맙다고 하고 있지만, 조수인 원장의 표정은 냉랭했다. 더는 말도 못 붙일 정도였다.

"이쪽 방으로 들어가시죠. 아직 은산병원분들은 도착하지 않았습니다."

다른 원장들도 대표원장과 마찬가지로 표정이 딱딱했다.

오전에 가끔 하는 자체 세미나를 제외하고 저녁에 밖에서 하는 세미나는 병원 개원 이래 처음 있는 일이었다.

병원 사람들끼리 식사하면 그나마 편했겠지만, 그들로서도 어려운 상대와 식사해야 했다.

게다가 종일 분만, 수술, 진료하며 진이 빠진 뒤라 빨리 저녁만 먹고 집에 가고 싶은 심정이었다.

이혁은 분위기가 무겁다는 사실을 금방 알아챘다.

비록 처음 보는 의사들이지만 십 년 이상의 영업 경력은 가만히 있으면 안 된다는 경고음을 울리고 있었다.

이혁은 평소 모습과는 달리 조금 오버하면서 참석자를 맞았다. 농담도 하면서 분위기를 어떻게든 전환해 보려 했다.

그의 노력에 몇몇 원장의 입이 트였지만, 전체적인 분위기는 여전히 무거웠다.

그런 와중에 써니힐병원에 이어 은산병원 교수도 속속히 도착했다.

유빈과 이혁 지점장만 있을 때는 썰렁했던 분위기가 교수들이 오자 자기들끼리는 인사도 하고 웃으며 이야기했다.

"교수님, 오시느라 고생하셨습니다."

기다리던 사람이 오자 유빈이 곧바로 다가갔다.

오늘 세미나에서 잠겨 있는 자물쇠를 열 수 있는 키를 가진 사람이었다.

"김유빈이. 일찍 왔구먼. 써니힐병원에서는 다 오셨나?"

"네, 교수님. 모두 오셨습니다."

"그래. 고생했네. 이혁 지점장님도 오셨구먼. 장 본부장은 안 왔나요?"

"네, 오시고 싶어 하셨는데 미리 선약이 있으셔서 참석을 못했습니다. 교수님께 안부 전해 달라고 하셨습니다."

"그래요. 장 본부장이야 자주 보니까. 들어가 볼까요."

트렌치코트를 벗은 이인규 교수가 방 안으로 들어가자 조수인 원장이 웃으며 두 손을 꼭 잡았다.

"어머, 선배님. 잘 지내셨어요? 어쩜 예나 지금이나 똑같으세요."

격한 반김이 조금 전에 인사했던 사람과 같은 사람인가 싶을 정도였다.

"어이쿠. 조 원장 오랜만이구먼. 신수가 아주 훤해. 허허. 반갑구먼. 반가워."

유빈이 두 사람의 관계를 자세히 관찰했다.

이인규 교수와 조수인 원장의 관계가 생각보다 깊어 보였다. 유빈의 입장에서는 좋은 징조였다.

서로 인사를 마치고 모든 참석자가 자리에 착석하자 이인 규 교수가 자리에서 일어나 의례적인 인사말을 했다.

박수와 함께 이인규 교수에 이어 첫 번째 강연자인 홍라선 교수가 앞으로 나갔다.

"홍라선입니다. 저부터 배가 고파서 빨리 끝내겠습니다."

웃음과 함께 박수 소리가 두 배로 커졌다.

부드럽게 진행이 이어지자 안도한 이혁 지점장이 유빈을 슬쩍 쳐다봤다.

이혁과는 반대로 조금 전까지만 해도 여유 있어 보이던 유빈의 표정은 심각해 보였다. 괜스레 이혁의 마음도 같이 심란해졌다.

그가 이번 세미나에 일말의 기대를 놓고 있지 않은 가장 큰 이유는 유빈의 확신 때문이었다.

그런 지점장의 마음도 모르고 유빈은 눈도 깜박이지 않고 미동 없이 숨만 고르게 쉬고 있었다.

홍라선 교수의 프레젠테이션은 매우 깔끔했다.

내용도 그렇지만 그래프나 사진이 세련되게 들어가 있어 보기가 좋았다.

중간마다 제네스 제품에 대한 내용도 있었지만, 그다지 많지는 않았다.

제품명보다는 성분명으로 표시되어 의사들에게 제품에 대한 강한 임팩트를 주기에는 부족했다.

강의가 진행될수록 이혁 지점장의 표정이 굳어졌다.

'아니야. 저 정도로는 부족한데. 그것도 많이 부족해. 아, 이건 굴러 들어온 황금을 차 버리는 거라고.'

약하게 틀어져 있는 에어컨 덕분에 방 안의 공기는 선선했지만, 이혁의 등 뒤로 땀 한 방울이 흘러내렸다.

그가 우려하던 대로 강의의 내용은 제네스에만 호의적이지 않았다.

이혁 지점장과는 달리 유빈은 여전히 같은 자세로 앞만 보고 있었다. 한곳을 응시하는 모습이 멍 때리는 모습처럼 보였다.

이혁은 이제는 자신이 나서야 할 때라고 생각했다. 더는 신입사원에게만 맡겨 놓을 문제가 아니었다.

의욕이 생겨서인지는 몰라도 갑자기 몸에 활기가 돌았다.

그는 식사 시간에서라도 적극적으로 제품 홍보할 마음의 준비를 했다.

홍라선 교수에 이어 고영진 교수가 폐경 여성의 치료에 대해 발표를 했다.

고영진 교수의 강의 파일 역시 홍라선 교수만큼이나 깔끔했다.

강의가 길게 이어졌음에도 참석자들은 집중하는 모습이었다. 시작하기 전의 어수선하고 짜증이 섞인 표정은 찾아볼 수가 없었다.

"……이상으로 마치겠습니다."

강의가 끝나자 여기저기서 손이 올라왔다.

써니힐병원 원장들의 반응은 기대 이상이었다. 마치 목마른 사람이 우물을 찾는 듯했다.

'제품에 대한 홍보가 전혀 안 됐어. 본부장님이 안 오셨기에 망정이지.'

이혁 지점장은 유빈에 대한 자신의 판단이 너무 성급했던 건 아닌가 하는 후회가 들었다.

"질문은 식사하면서 하기로 합시다. 시간이 너무 지체되면 안 되니까요. 강연해 주신 두 분 교수님께 박수 부탁드립니다."

이인규 교수가 흡족한 얼굴로 강연을 마무리했다.

동시에 유빈이 긴 숨을 내뱉었다. 얼굴이 급체한 사람처럼 창백했다.

"괜찮아? 얼굴이 안 좋은데?"

이혁 지점장이 걱정스럽게 물었다.

이혁은 유빈의 모습을 좌절한 신입사원의 심정으로 이해했다. 따끔하게 제약영업에 대한 충고를 해 주고 싶은 마음에 앞서 안쓰러운 생각이 들었다.

'에휴. 신입 때는 다 그런 거다. 이러면서 하나둘씩 배우는 거지.'

"……네. 괜찮습니다. 지점장님, 그런데 저희는 나가서 먹는 게 좋을 것 같습니다."

식사 시간은 제품을 홍보할 수 있는 마지막 기회였다.

마음을 다잡고 디테일링을 벼르고 있던 이혁의 인내심의 끈이 끊어지려 했다.

"뭐? 무슨 소리야? 이 기회에 써니힐병원분들 하고 친분을 쌓아야지."

"걱정 마십시오. 잘될 겁니다."

"아까부터 뭘 걱정하지 말라는 거야. 이렇게 끝나면 우리는 그저 돈만 대고 별로 얻는 것도 없단 말이야."

이혁 지점장은 다른 사람이 들리지 않도록 작게 말했지만 다급함에 속사포처럼 말을 쏟아 냈다.

"지점장님, 전에 하신 말 잊지 않으셨죠?"

"무슨 말?"

"저 믿는다는 말이요."

이혁은 한참 동안 유빈의 눈을 쳐다봤다.

그건 포기하거나 실망한 사람의 눈이 아니었다.

중간에 마음이 흔들리기는 했지만, 이왕 믿고 맡긴 일.

결과가 어떻든 간에 끝까지 믿고 가 보기로 했다.

만약 기대 이하의 소득을 얻는다 해도 잔소리는 모든 게 끝난 후에 해도 늦지 않았다.

"……하아. 그래. 네가 하자는 대로 하마."

이혁 지점장이 유빈의 손에 이끌려 힘없이 밖으로 나갔다.

"교수님, 자리도 협소한데 저희는 밖에서 따로 먹겠습니다. 편하게 말씀 나누시고 필요한 게 있으면 불러 주십시오."

"그럴 텐가. 같이 먹으면 좋긴 할 텐데 좁긴 하구먼. 알겠네."

홀의 작은 테이블에 마주 앉은 이혁 지점장과 유빈은 서로 말없이 음식을 입에 집어넣었다.

'본부장님한테 뭐라고 보고해야 하나. 뭐, 그래도 신입인데 이 정도면 잘한 거지.'

이혁 지점장은 애써 합리화를 했다. 유빈에게 어떤 충고를 해 줄까 하는 생각만 머릿속을 맴돌았다.

만리향의 맛있는 요리가 입으로 들어가는지 코로 들어가는지 알 수 없을 정도였다.

코스 요리가 방으로 다 들어가고 한참이 지났는데도 모임은 쉽게 끝나지 않았다.

식사를 시작한 지 두 시간이 다 돼서야 방문이 열리며 사람들이 나오기 시작했다.

써니힐병원의 여자 원장 중 한 명이 서 있던 유빈과 이혁 지점장을 향해 다가와 말했다.

"오늘 정말 잘 먹었어요. 좋은 자리 마련해 줘서 고맙습니다."

처음과는 완전히 다른 표정이었다.

고마움을 표시한 건 한 명뿐만이 아니었다. 은산병원과 써니힐병원을 막론하고 나오는 사람마다 고마움을 표시했다.

"김유빈, 이 지점장 고맙네. 오늘 일은 내 두고두고 잊지 않으리다. 장 본부장은 좋겠군. 이렇게 훌륭한 부하 직원을 뒀으니. 허허. 진료 없을 때 한번 찾아오시게나. 내 밥 한번 사지."

이인규 교수가 유빈의 어깨를 가볍게 두드리고는 출구로 향했다.

이혁 지점장은 이게 무슨 일인가 싶었다.

'뭐지? 이 사람들이 갑자기 왜 이래?'

자신과 유빈은 밖에서 밥을 먹었을 뿐이었다.

"유빈 씨, 고마워요. 이번 프레젠테이션은 유빈 씨 덕분에 완전히 히트 쳤어요."

은산병원 홍라선 교수가 유빈에게 고마움을 표했다.

"아닙니다. 강의 내용이 좋아서 그렇죠."

"호호, 앞으로도 종종 부탁해요."

"네, 교수님. 감사합니다."

고영진 교수도 마찬가지였다. 유빈에게 격하게 고마움을 표현하고는 밖으로 나갔다.

어리둥절해 있는 이혁 지점장과 유빈 앞으로 조수인 원장이 다가왔다.

이혁이 마른침을 삼켰다.

"김유빈 씨라고 했나요?"

"네. 원장님."

"우리 병원에서 월요일 오전에 자체적으로 세미나를 하는데 그때 와서 제품 설명회를 해 줄 수 있나요?"

이혁 지점장의 눈이 커졌다. 더 놀랄 힘도 없었다.

하지만 유빈은 기다리고 있었다는 듯이 자연스럽게 대답했다.

"물론입니다, 원장님. 제가 맡은 제품이 젤레크, 피레논, 엔젤로인데 어떤 제품을 원하시나요?"

"다 해 주세요."

"그럼 세 번으로 나눠서 할까요? 저희 쪽에서 다과와 같이 준비하겠습니다."

"그러면 고맙죠. 날짜는, 음. 이쪽으로 연락해 주세요. 제 병원 직통 전화입니다. 점심시간에 전화 주면 받을 겁니다. 혹시 안 받으면 사무장님한테 메시지 남겨 주세요. 연락드릴게요."

"알겠습니다, 원장님. 연락드리겠습니다."

"……오늘 좋은 자리 만들어줘서 고마웠어요. 또 보죠."

"네!"

유빈의 유쾌한 대답에 조수인 원장이 만족스럽게 웃으며 밖으로 나섰다.

이혁 지점장이 유빈을 멍하니 쳐다봤다.

"유빈아."

"네, 지점장님."

"이게 도대체 무슨 일이냐?"

"제가 말씀드렸잖아요. 믿으시라고요."

"이 자식, 도대체 어떻게 한 거야? 하하."

"지점장님, 술 한잔하실래요? 아까 먹었던 중국 요리가 더 부룩하네요. 긴장하고 먹었더니."

"뭐야, 아무렇지도 않은 척은 혼자 다하더니. 좋아! 내가 쏘마! 그 대신 어떻게 한 건지 다 불어야 한다."

"그럼요. 하하."

2권에서 계속

포텐
POTENTIAL

어떤 사물에는 그것을 오랜 기간 사용한
사람의 잠재된 능력이 고스란히 담긴다.
그리고 난 그것을 사용할 수 있다.

천재 디자이너, 죽은 이도 살리는 명의,
감성을 울리는 피아니스트, 바람기 가득한 첩보원.
그 누구라도 될 수 있다. 단, 애장품만 있다면!

달인의 눈으로 세상을 바라보는,
유쾌한 민호의 더 유쾌한 애장품 여행기!

레벨업 어게인

LEVEL UP AGAIN

잘은 모르겠지만 과거로 돌아왔다.

최단 기간, 최고 속도 레벨 업, 노블레스 등급 클리어.
생각지 못했던 행운들에 시스템상 주어지는 위대한 이름,
앰플러스 네임까지.

모든 게 좋았다.
사랑했던 여자도 이젠 지킬 수 있을 것 같았다.

[앰플러스 네임 '빛의 성웅'이 성립됩니다.]

그런데 뭐냐. 이 요상한 이름은……?
나 그런거 아닌데. 아 진짜. 아니라니까요.